俄罗斯文学人生课

THE ANNA KARENINA FIX

LIFE LESSONS FROM RUSSIAN LITERATURE

VIV GROSKOP

[英] 维芙·格罗斯柯普 著 李慧敏 译

人民日报出版社

北京

图书在版编目(CIP)数据

俄罗斯文学人生课 /(英)维芙·格罗斯柯普著;李慧敏译.—北京:人民日报出版社,2021.1(2023.5 重印)
ISBN 978-7-5115-6614-0

Ⅰ.①俄… Ⅱ.①维… ②李… Ⅲ.①俄罗斯文学-文学研究 Ⅳ.①I512.06

中国版本图书馆 CIP 数据核字(2020)第 208572 号

著作权合同登记号 图字:01-2020-6177
Simplified Chinese Translation Copyright © 2021
by Beijing Qianqiu Zhiye Publishing Co., Ltd.
The Anna Karenina Fix:Life Lessons From Russian Literature
Original English Language edition Copyright © 2017 by Viv Groskop.
This edition arranged with Curtis Brown Group Limited through Andrew Nurnberg Associates International Limited.
All Rights Reserved.

书　　名:**俄罗斯文学人生课**
　　　　ELUOSI WENXUE RENSHENG KE
著　　者:[英]维芙·格罗斯柯普
译　　者:李慧敏

出 版 人:刘华新
责任编辑:苏国友

出版发行:人民日报出版社
社　　址:北京金台西路 2 号
邮政编码:100733
发行热线:(010) 65369509　65369512　65363531　65363528
邮购热线:(010) 65369530　65363527
网　　址:www.peopledailypress.com
经　　销:新华书店
印　　刷:唐山富达印务有限公司

开　　本:880mm×1230mm　1/32
字　　数:163 千字
印　　张:7.25
版次印次:2021 年 2 月第 1 版　2023 年 5 月第 1 版第 2 次印刷

书　　号:ISBN 978-7-5115-6614-0
定　　价:49.00 元

如发现编校差错或印装问题,请拨打售后服务电话 010-82838515

目 录

导 言

资料来源、翻译和有趣的俄语名字

导 言

速读课上，我二十分钟就读完了《战争与和平》。
我只知道这本书讲的是俄国故事。

——伍迪·艾伦

虽然和各类烘焙食品素来有怨，但托尔斯泰却不是那些活得悠闲自在的惹人嫌者的同类。有些人特招人嫉恨，他们过得轻松淡定，挫折扰不了其身，焦虑乱不了其性。令我们感到安慰的是，托尔斯泰也常常陷入痛苦的人生思索中：为什么明明没有遇到特别糟糕的事，却又时时倍觉痛楚？在许多方面，他与人类苦难的共鸣令人匪夷所思。毕竟，他过得宁静俭朴，极少沉溺于某种事物中。不像烦恼重重的我等众生，真正让他忧心的事儿并不多。托尔斯泰不是那种一边吃甜甜圈、喝啤酒，一边和人聊天的家伙。只有在家人过生日的时候，他才吃蛋糕，而且是一种特别的蛋糕——他的妻子烤制的"安可派"，据说这种酸酸的柠檬派是以他家的家庭医生的名字来命名的。多数时候，托尔斯泰吃得简单，吃得单调。亚斯纳亚·波利亚纳的托尔斯泰庄园博物馆的一位研究员最近发现的证据表明，托尔斯泰轮换着吃喜欢的十五种鸡蛋菜肴，像莳萝煎蛋、豌豆煎蛋之类的。他不喝烈酒，也不吃肉，可这依然改变不了他老是觉得自己很拙劣的心情。

或许正是在这片自我折磨的心灵土壤上，绽放出了痛苦之花——托氏自助箴言。20世纪初自助手册才开始大受追捧，彼时，托尔斯泰早就写出了自己的入世箴言。那些充满智慧和洞见的话语，好似我们如今在冰箱贴上常常看到的句子，可以用来正念修行。有些句子是他自己所作：

我们只有为人而活时，才算真正活过。

富人若是真心向善，他会尽快捐出手中所有。

工作并非美德，却是德性生活的基本条件。

他有些话是受了经典作家和思想者的启发而作的，这些人包括卢梭、普鲁塔克、帕斯卡尔、爱比克泰德、马可·奥勒留、爱默生、约翰·拉斯金和梭罗等；有些句子则引自《塔木德》[1]和《圣经》。托尔斯泰辩称，《智慧历书》[2]虽内容严肃，但起意在善。这本书让人平心静气、欲罢不能。作者虽无意娱人，读者却常常不禁莞尔："人若陷于情欲不能自主，痛苦将如树木一样无法摆脱旋花的缠附。"这是佛教徒的智慧。（提示：关注情欲，不用在意旋花。）《智慧历书》，又名《阅读圈》《智者之思》，是托尔斯泰集

1　犹太文化典籍。

2　托尔斯泰的最后一部著作，意在引述人类历史上最伟大的哲学家的言论，汇集成供人们在一年中的每一天都能吸收的智慧思想。

十六年心血而成的思想之花，以一年为期，一天一则人生格言。这本书于1912年，即托尔斯泰去世两年后面世。

书中的不少思想和现在"心理自助"传达的观念相互抵牾。心理自助鼓励我们热情地投入爱自己的艺术，或者至少敦促我们远离自我厌恶。而《智慧历书》的宗旨恰恰与此相反。傲慢有错，爱自己也不对；我们要恨别人，就得先恨自己。（照字面意思理解即可，这是典型的"托氏"情绪——厌倦一切轻松、愉快和有趣的事物。）托尔斯泰严格践行着极端的禁欲生活，于他而言，情欲尤为可怕，险如洪水猛兽；饕餮是罪，因其暗示了自尊的缺席。再奉上几条"托氏箴言"。6月4日："现在基督教变得反常起来，所以我们的生活过得比异教徒的还要糟。"有些话让人费解。10月27日："光永远是光，即使盲人无法看到其光芒。"女人往往和坏事相伴。6月2日："女人责任重大，她们要孕育后代，然而女人无法孕育思想，这是男人的责任。"

托尔斯泰将这些箴言视为人遭遇危机之时的向导：这是最好的作家圈里的思想合集，能引人走向救赎之路。正如《智慧历书》最新版的英文译者罗杰·科克雷尔所说，托尔斯泰意在"敦促我们通过不懈的努力寻求自我完善"。我不是说托尔斯泰是长了胡子的励志人物奥普拉·温弗瑞。（好吧，其实我就是这个意思。把他俩扯上关系真是有趣。）但是老托就是有这个本事，能和一个世纪后流行的思想心意相通。他深信，唯有清楚地了解人生所需的智慧，并在生活中践行，才能和压力巨大的现代生活对抗。本书的创作动机和宗旨都和挖掘托尔斯泰身上奥普拉的一面有关。倘若托尔斯泰在世，想必也不会反对。在此提醒诸君，阅读本书之时，千万不要无节制地吃喝。否则，无论是托尔斯泰还是奥普拉都不会乐意。

诚然，乍听有人要在俄罗斯文学经典中寻找幸福生活的法则，听者想必会大惊失色。俄罗斯文学中叹息自己身处绝境的面色阴沉的角色比比皆是，他们举目四望，试图找到可以怪罪之身，却绝望地发现他们最初的认识被再次印证：人生艰难，烦恼处处，我们都在无可选择地向死而生。但是，俄罗斯文学也提醒沮丧的我们，要紧的是我们活着，并且活得很精彩。托尔斯泰在浩如烟海的哲学和宗教文本中寻找人生答案，我等众生在别人或真实或虚构的生命中找寻安慰。《智慧历书》内容实用、发人深省，有时还能助力改变人生轨迹，但真正触动我们的还是那些展现人类心灵、透视共同人性的经典文学作品。俄罗斯作家创作的这些皇皇巨著容许我们不必付出杀死可恶的老妇人的代价（《罪与罚》）就可以想象不同版本的自己；这些作品让我们有机会和撒旦一起坐在公园的长椅上友好地聊天（《大师和玛格丽特》）；这些作品也可能把我们抛到轰隆隆地行驶的车轮之下（《安娜·卡列尼娜》）。预告：本书会有部分"剧透"，想必读者诸君并不介意，毕竟书中谈到的作品大多已经有一百多岁了。

托尔斯泰在其自助书中未把小说当成人生智慧的产地，他对小说的作用心存怀疑。托氏后半生经历了巨大的精神危机，最后竟然严重到宣布《安娜·卡列尼娜》和《战争与和平》是罪孽滔滔、愚蠢可笑之作。难怪他要在《圣经》中寻求心灵的宁静。但是我要为托尔斯泰不再信任的文学作品说上几句好话：哲学和宗教能够镇定人心，古希腊人的自助箴言也能为心灵带来慰藉。但是帮我们认清自己到底是谁的，或者更重要的一点，帮我们明白自己不想成为谁的，正是文学，无论是哪种体裁，诗歌也好，小说、戏剧也罢。

　　首先,发布一则重要的否定声明。这不是一本"烧脑"的书,也不是一本基础研究著作,更不是研究俄罗斯文学的学术论文。我并无对俄罗斯文学进行阐释并盖棺论定的野心。实际上,本书试图借用这些经典之作提供的生存智慧,来探索大作家对人生经历的大大小小的问题的解答。这也是一封向我喜爱的作品致意的情书,感谢它们帮我找到迷失的自我,并一再鼓励我。这本书也记录了我像白痴一样生活的时刻,由于种种原因,这些时刻还挺多,且并没有随着我年岁渐长而减少。

　　俄罗斯文学配得上更多大白痴的更多情书。毕竟,长久以来,这都是绝顶聪明之人据为己有的地盘。"你得加入某个特殊群体的秘密组织才能去读俄罗斯经典"这种说法过于夸大其词。虽然我自己是因为学俄语上瘾才开始读这些经典的样本的,但想尝试阅读这些经典,你不用非得学好创作它们的语言,甚至都不用结交说俄语的朋友,更不用非得学习俄罗斯历史,虽然你可能会在学习的过程中获益匪浅。你不用非得执着地要最好的译本,不用担心你的理解大错特错,也没必要非得边读书边挨着一个俄式茶壶坐着。俄罗斯文学人人有份。

　　我在大学拿了两个俄语的学位,在铁的纪律的约束下和野牛草伏特加的熏陶中,用了很久的时间才能流利地说俄语。尽管如此,我仍然不是精通俄语之人,而是个自己半瓶子醋还热情鼓励其他半瓶子醋的业余选手。这些经典之作给我带来了不少欢乐和希望,这是我始料未及、惊诧不已之处。我们不是那种一坐下就对下面这种话题侃侃而谈的人,"你不觉得在《战争与和平》里,尼古拉和索尼娅在一起更合适吗?"(实话实说,谁愿意在那样的家庭长大？）关于俄罗斯人，他们最大的名声是他们并不可怕。自然，也没必要把他们看得十分"严肃""学术气"，我们都知道，这两词的言下之意是"陈腐""无趣"。

读书时疑东疑西、大惊小怪、自以为是和装腔作势的做法得改一改了。本书的目的是提醒读者诸君：读书就是读书，是私人行为，你想怎么读你自己做主，不用担心有人比你懂得多，也不用怀疑自己理解得不对。你理解的，就是合理的。我建议：读不完整本书，你就读节选。因为现在读不完整本害怕以后还得从头再读而耿耿于怀，着实没有必要。你可以慢慢地读，不用纠结于是否理解每一个细节。你可以躺床上读，坐公交上读，也可以在弗拉基米尔·普京说的"厕所"里读（普京做过一个令人难忘的演讲，他信誓旦旦地说俄罗斯的敌人在哪儿都不安全，即使是在厕所里。请务必找个安全点的厕所，别让他找到你，趁这个机会享受几页《三姊妹》）。

我不仅希望借这十一部俄语文学经典中的一些片段照亮我们生命中的至暗时刻，还打算从作家的亲身经历中寻找可使我们内心安定的依据。作家的作品中宣扬的观点和他们在现实生活中的认知格格不入的情况屡见不鲜。托尔斯泰就是个典型案例。《安娜·卡列尼娜》和《战争与和平》里许多相互抵牾的冲突、差别和令人费解的情节都可以在他晚年的精神崩溃中找到答案。他在创作之时，和笔下的人物同喜同乐，展示了他真实的生活和情感。后来，他对自己这么写是否高效地利用了时间感到困惑，就中断了这类小说的创作。了解了他内心的撕裂感，我们就更能领会这些书籍的丰富含义。

作家的人生、读者的人生和文本的差异总是令我百思不得其解。作家和读者的相似之处在于他们都是真实的存在，过着普通人的生活。他们都明白生活的艰辛。他们知道准确无误、生动可信地传达人类经验之难度。但是，因为故事的存在，作家和读者在书页中相遇。故事是人类切身经验的替身，是伪装，是过家家。作家和读者的交流说明作家默认读者相信他所虚构的故事的真实性。因为这种约定，他们才能有思维的碰撞，才能"讨论"人的存在。这种非比寻常的交流方式作为一种传统在俄罗斯文学中根深蒂固。

我对无须亲身经历书中所记却能拾得人生智慧之事兴致勃勃。小说给读者提供尝试、评判、宽恕和理解别样人生的路径。它们既告诉我们怎么活不好，也告诉我们怎么活比较好。实际上，两相比较，前者更胜一筹。正如许多评论家所言，《安娜·卡列尼娜》的第一行很精彩，精彩得令人难忘。但是它表达的真理在小说里好像找不到证据："幸福的家庭家家相似，不幸的家庭各各不同。"小说里没有一种婚姻形式是幸福的。托尔斯泰要是想挑个幸福家庭给读者看看，也是可以做到的，但是他没有。事实是，他刻画了一群不幸的家庭。颇具讽刺意味的是，它们都很相似：不擅沟通，老觉得别人的东西更好，觉得生活不能仅仅如此。也许托尔斯泰给出的人生智慧是：怎么避免过这种生活。有时觉得他是在提供警世通言而不是生活指南。和自助手册相比，也许这更真实，更实用，更令人难忘。

生活不简单，俄罗斯文学也绝不简单，本书包括的十一部经典作品中，有几个例外。这几部作品的体裁不好算作小说：普希金的《叶甫盖尼·奥涅金》是诗体小说；阿赫玛托娃的《安魂曲》包括十首抒情组诗[1]；像屠格涅夫的《村居一月》一样，契诃夫的《三姊妹》是戏剧作品。果戈理可能还会争辩说《死魂灵》是史诗。（真不能算史诗，是如假包换的小说。）本书主要关注虚构世界，更准确地说是关注过去那些时代的经典，以及经典传递给我们的超越时间的人生智慧。

　　能放到这个清单里的书数量可观。我不愿看到我的作品像《战争与和平》那么长，所以只好把为数众多的伟大作品剔除在外（陀思妥耶夫斯基的《卡拉玛佐夫兄弟》、莱蒙托夫的《当代英雄》和茨维塔耶娃的诗）。在此，我必须向那些他们的最爱没有被列入清单的读者道歉。我最想放在这本书里的是果戈理的《外套》。这个简短的故事在有限的空间里包罗了俄罗斯文学的全部精华。一名身份卑微的抄写员千辛万苦地存钱，只为买一件外套。他存呀存呀，存了好久。可是，外套在到手的那天被人偷走了。随后的故事是，他病了，死了。这是经典的俄罗斯文学作品讲述的人生。一定有人这么告诉过你。

1　应为十四首，此处原文疑有误。

资料来源、翻译和有趣的俄语名字

无论读者有多么喜欢俄罗斯文学，一个显而易见的事实是，它们常常拒人于千里之外。首先，都是翻译惹的祸。读者怎么知道哪个译本更适合阅读呢？读者费尽"洪荒之力"才读完一本书，是作者的错，还是译者的过，抑或读者诸君自己的问题？不会这样吧！即使译本很不错，但每个译本不都是对原文的背叛吗？即使译本精彩得不得了，但如果作者的初衷被曲解或者染上了浓浓的英国风，那又怎么办？国外的读者怎么也不会像俄罗斯人那样读书，读这些书，又有什么意义？

说到"伟大的俄罗斯经典"这个真实的存在，上述论调在读者的心中根深蒂固。有一张图片时不时地出现在互联网上，骄傲地向世人展示书架上为人所青睐的《安娜·卡列尼娜》。书架上摆得满满当当的，这本书的书脊在八分之一的位置变了形。周围其他的书都无人问津、完好如初。这幅画很有代表性。这是一本许多人下定决心要读（从头开始，如此反复多次）的书，但坚持读到最后一页的人寥寥无几。然而，它也不是一本让人们愿意轻言放弃的书。它在书架上静静地等待，满怀希望地等待有人读完面前的几百页。我们人人心中都有这样一本书，希望有一天能把书脊全部翻烂的一本书。

"俄罗斯经典"令人听而生畏。我讨厌诸如"太深刻""太难""自我矛盾""没读过甲书，你就读不懂乙书"等腔调，它们以偏概全、固守己见。无论译文有多艰深晦涩、不合人意，文学作品都应当力图适应所有人群。说到译文，虽然我喜欢默然承受折磨的译者，觉得他们是现代世界的无名英雄，但我不是非得坚持读哪个译本的"呆子"，没有特定喜欢哪个译本的嗜好。我觉得如果有人将生命中最美好的四五年光阴用在翻译《战争与和平》上(出版商付费请人翻译)，这已经是了不起的成就了。人们费心费力钻牛角尖找个略胜一筹的译本是不值得的。生命太短，没必要活得那么细致。虽说如此，我还是会挑选容易到手，又通常被对译本较真的人认为最可读或者"最佳"的译文。

我理解人们缘何对译文百般挑剔。安东尼·布格斯在《战争与和平》译文的前言中写道，随着时间的流逝，口语发生了变化，那些曾经看起来正常的叙述现在让人读起来感觉很奇怪。我觉得这恰恰是其魅力所在，我们不用费力改变它。布格斯表明立场，在以文雅为标准的翻译中，你会尽可能地除掉那些粗鄙的用词，"删除不恰当的地方"，比如"安德烈整个晚上都和几个行为放荡的朋友泡在一起"，"娜塔莎脸色绯红，在家里走来走去"，"他在检阅队伍里显得格格不入"或者"他喊叫着，做了个鬼脸"。读这些句子时，我们忍俊不禁，尽管笑得不是地方[1]。我们就喜欢这些让我们笑得不是地方的地方！

20世纪90年代初，我在俄罗斯读本科，十年后，我又读了俄语专业的研究生。当时，因为觉得有趣，我轻轻松松地就读完了一本关于建构主义的俄文书。(确实有趣。)我在这里要谈的大多数书，我读的都是俄文版

1　这几句中的英文容易让读者产生与性有关的联想。

本。即使没读完整本，我也已经耗费"洪荒之力"去尝试了。不少作品是二十年前我在俄罗斯的那一年读完的。现在，我已经失去了安安静静坐在那儿读俄文版《战争与和平》的心情了。当然，我也可以挑战一下自己的极限，找个山洞住下，仅凭几本字典，全靠自己来理解、翻译所读的书。但是这么做有悖我的初衷：这些经典之作是写给天下读书人的，不是只写给少数掌握这门语言的人的。还有，我喜欢读翻译文学：用自己的语言读另外一种语言的作品自有一番别样的趣味。无论你外语学得有多好，你读外语书都不会像读母语书那样自然。

本书中，凡转写之处皆非我所为。转写是一种惹人生厌但又必不可少的过程，我学俄语时才知道这个词。转写是把俄语（西里尔字母）转换成英语（拉丁字母）。如果说直接借用别人的译本帮我省了好多年的研究时间，那么自己不做转写，节省的时间更多。我特别特别讨厌转写。

最后，尽管各个译本难分伯仲，某些音译词让人如坠云雾之中，我们谈到俄罗斯文学时常常会怀疑自己的智商，但毋庸置疑，俄语人名的翻译尤其困难。我以前见过一位丹麦学者，此君智力超群、博览群书，他在一本著作中给人开处方说读《战争与和平》是舒缓压力的灵丹妙药。我对他的独到眼光表示钦佩，他说，"噢，是的，俄罗斯文学很伟大，可是，名字，名字！你说他们干吗一个人有四十七个名字？"

他的话没错。实际上，一般说来，三四个以上的名字组成的姓名并不多见，但就是给人四十七个名字组合到一起那么长的感觉。让其他国家的人如坠云雾的还有名字里加的父称，比如，伊凡·伊凡诺维奇中的"伊凡诺维奇"。这个还算好懂的。你习惯了父称，就习惯了它们的存在，然后就会忘了它们的存在，因为它们实在没什么用处。口语交际中，使用父称显得说话人彬彬有礼，但它们的命运一般是被扔到一边，或者只有一半被叫到。

"伊凡诺维奇"的作用是让人知道这人父亲的大名。如果有人叫"伊凡·伊凡诺维奇·伊凡诺夫"，按西方传统，这人姓名是"伊凡·伊凡诺夫"（教名和姓）。"伊凡诺维奇"这一部分没什么意义，只说明伊凡之父也叫"伊凡"。再简单点，这个名字等于是约翰·约翰的儿子·约翰。虽然，俄语里的"伊凡诺维奇"代表着尊敬，是无法忽略的部分。英国人有礼貌地打招呼时会说"您好，伊凡诺夫先生"（而不是说"你好，伊凡"）；俄罗斯人会说"您好，伊凡·伊凡诺维奇"（"您好，约翰的儿子·约翰"，最后的约翰是姓）。俄国人不常用"先生"（Sir, Mr.）、"小姐"（Miss）、"太太"（Mrs.）这类称呼。他们用父称，给人感觉更和气。（你要记不住对方的父称，那可大事不妙了。你要是已经小心翼翼地问过了对方父亲的名字，"请问，令尊尊姓大名？"明明知道了对方的父称还不用上，就会给人留下粗鲁的印象，这在俄罗斯可不是件好事儿。）

女性的名字也需要加父称（她们自己的父亲）。只不过，她们的父称会加上什么"夫娜"（–evna或者–ovna）而不是加上"维奇"（–evich或者–ovich)之类的。比如，"安娜·伊凡诺夫娜·伊凡诺娃"（安娜·约翰之女·约翰）。女性姓氏和男性姓氏有性别区分。自然，如果所有人都遵循这一规则，那么它就不是俄语了。有译者俄译英时并未区分男性和女性名字中的姓氏部分。我在本书中使用的《安娜·卡列尼娜》英语译本，安娜·卡列尼娜作"Anna Karenina"，其父名字为"阿尔卡迪"（Arkady），故父称应为"阿尔卡迪耶夫娜"（Arkadyevna），她丈夫的名字"卡列宁"（Karenin）中是没有"a"的，所以她的名字应该是安娜·阿尔卡迪耶夫娜·卡列宁，而不是安娜·卡列尼娜。（安娜的丈夫叫阿历克赛·阿历山德罗维奇·卡列宁，卡列宁的父亲叫阿历山大。有趣吧，朋友们？）

有人（我们叫他们"老学究"，因为他们确实是）一听到名字和它们的转写就激动得跳脚，他们把这两者混到一起，开始鸡蛋里挑骨头。比如，就上述问题，纳博科夫大发雷霆，拒绝接受英语中已经习惯的"Anna Karenina"（安娜·卡列尼娜）。毫无悬念地，他说到这部小说时用的是"Anna Karenin"（安娜·卡列宁）。有趣的是，他夫人不接受他的观点，称自己是"Vera Nabokova"（薇拉·纳博科娃）。我想变成他们在瑞士豪华酒店套房里的一只苍蝇，亲耳听听他俩是怎么讨论这个话题的。

公平地说，还没开始读小说就面临这么一堆说不清、理还乱的问题，读者很容易对所有有关俄罗斯的事儿望而却步。父称仅仅是个开始。我现在知道那位丹麦学者会说什么了，"伊凡·伊凡诺维奇·伊凡诺夫有时候还叫凡尼亚？他到底叫伊凡，还是凡尼亚？他能不能干脆点，痛快地做个决定？""凡尼亚"是伊凡的昵称（就像约翰尼是约翰的昵称）。然后，你会卷入昵称"风暴"之中：凡纽沙、凡涅奇卡、凡纽舍奇卡、凡纽舍卡、伊凡纽沙卡……（我以人格保证它们的真实性。）如果你想让称呼带有粗俗、滑稽的意味，可以用蔑称：凡卡、伊凡沙卡。到现在来看，伊凡已经有十一个名字了。虽然没有四十七个，但数目也不少了。每个名字都有衍生出许多名字的可能。比如，安娜可以叫：安娅、安诺什卡、安内奇卡、纽娅、安纽什卡、安纽沙、安纽西娅、阿纽沙、安纽尤娅、纽尼娅、纽塔、阿纽西娅……这还不包括那些家人随口起的叫着玩儿的名字。

读者见此往往心头起火，大感不解，对此我深表同情。我学习俄语已经二十年有余，但碰上昵称、蔑称，还是常常不知来历。我不明白奥尔加（Olga）怎么又叫"利奥拉"或者"拉利娅"。季米特里竟然有季马、米佳和许多其他的叫法。弗拉基米尔又叫：瓦洛加、沃瓦、沃沃奇卡、弗拉迪克……可以这样一直继续下去。我决定不再就此纠缠了，留给读者诸君自己去闯关吧。

学俄语的梦想是能搞清楚这些名字，给自己取一堆听起来很地道的昵称，心里却没有任何异样。我那些俄罗斯朋友给我取了些疯狂的名字，像维芙什卡、维维茵卡。要是你有幸摊上了这样的名字，我建议你最好不要反抗命运的安排。同样，你要是在俄语小说中遇到认不出来的名字，并为此尖叫抓狂，"克利亚是个什么东西？"（"尼古拉"的别名还有：古林卡、克尔卡、克利安、拉多、尼卡、尼古拉沙、尼古林卡、尼古尔卡、尼古沙……）试试托尔斯泰在《智慧历书》中10月21日给的建议："平静并非常态，但当和平、宁静降临之时，你应该珍惜它们并延长它们的存在。"换句话说：不用因为一些称呼自寻烦恼。

俄罗斯文学的小小好处是能让你很少碰到你在日常中听到的名字。平常叫名字的时候，俄罗斯人才不管这么多规则，他们喜欢用名字的第一个音节，他们管亚历山大叫"亚什"，管伊凡（凡尼亚）叫"凡"。和英国人叫戴夫、鲍勃和皮特差不多。不，还是不一样，他们的名字要多得多。

I

如何认清自己

《安娜·卡列尼娜》

...

或：不要卧轨

"属于生命的一切多样性、一切魅力、一切美好，都是由光和影构成的。"

　　我开始读《安娜·卡列尼娜》时，才十二三岁。那时，我正急切地想了解我们家的来历。我已经不记得还是个孩子的我是从什么时候开始觉得自己的姓氏很古怪、莫名其妙、难以解释了。我认识的人中要是有名字和我一样奇怪的，对我来说都是莫大的安慰。这大概是为什么俄罗斯文学中那些怪里怪气的名字并没有让我望而生畏。我觉得它们很亲切，没有隔阂之感。我不在乎自己能不能大声地、自信地说出它们，毕竟我成长在只说英语的环境里，这就万事大吉了。我对有这么一个拗口的姓氏已经习以为常，即使有人好奇地问起，我也不觉得这是个什么事儿。"格罗斯柯普，没听说过。"

　　我在英格兰西南部的萨默塞特长大，我的家人都自甘平凡，觉得自己是正宗的、确凿无疑的不列颠人。我小的时候他们就一遍遍地给我说过这个。家族史中没有一点儿能够证明我们是外国人的痕迹。我祖父在南威尔士的巴里出生，祖母在曼彻斯特出生，父亲在伦敦出生，我母亲的娘家人是北爱尔兰人，我们家没有一个人是在外国出生的。我有没有说过我们家没有一个外国人？我母亲的祖父母都是从北爱尔兰来的，我父亲的祖父母是在威尔士或者英格兰北部出生的。我很小的时候见过他们几个，都不是外国人。我想我应该说清楚了我们家的人都不是外国人。

我们的行事风格是不列颠式的，或者说是英国式的。最好不要问我这俩词的区别，像我祖父这样的不列颠人，偶尔会强调他的威尔士身份。大家都很体贴，小心翼翼地不让我在北爱尔兰安特里姆郡出生的妈妈觉得自己是外人。我小时候和祖父母一起生活了很长一段时间。我祖父开了三十年杂货店，他对外国的东西，特别是对食品的厌恶情绪有点儿不合情理。在他眼里，意大利千层面、浓菜汤和大蒜都是"外国垃圾"。我的家人喜欢的食物一定合一个热衷采购加工食品的杂货店店主的胃口：天使的喜悦[1]、雀牌蛋奶糊，还有罐装大粒豌豆。这些东西可比外国垃圾安全得多。

唯一打破这幅百分百英国制造的加工罐装食品画面的，是我们的姓氏。这件不值一提的事儿让我百思不得其解：我们是英国人，但怎么会姓奇怪的格罗斯柯普。早在发现祖父家族的一大半人把姓名拼写从"Groskop"改成"Groscop"之前（把"k"改成了"c"），我就觉得不对劲了。现在，姓"Groskop"的也就我们家了。这又给未来制造了迷雾。每到给上了年纪的"Groscop"亲戚写圣诞节贺卡的时节，我都一再提醒自己千万别写错他们改过的姓，但我心里想，你们到底糊弄谁呢，所以总忍不住感觉怪怪的。

在我眼里，部分格罗斯柯普家族成员改拼写的把戏无异于自欺欺人。他们把听起来有异域风味但合理的姓换成了有异域风味且不合理的姓。

1　速溶奶昔粉品牌，以牛奶为主要原料，有巧克力、草莓等多种口味。

与此同时，我家这些姓格罗斯柯普的人打算更淡定、更骄傲地将我们的姓氏使用到底。我们决不屈服，我们决不改姓，对我们家族的过去也断无好奇之意。

问起姓氏来历，我们家人几乎都是一无所知。被追问得急了，我祖父偶尔会说几句，但也仅限于"绝对不是德国人"什么的，我们故意问他就是希望听他确认这个。二战时，他在皇家空军服役，只要不是德国人，随便来自地球上其他什么地方都行。不久，我对学校的语言课产生了兴趣，很快便明白他说得对：我们不可能是德国人。我们要是德国人的话，该姓格罗斯科普夫（Grosskopf，"大头"）。幸亏不是，这是上帝的仁慈。我们倒有可能是荷兰人，但拼写又不对。我甚至想过我们可能是从南非来的。我们的姓氏是个非洲姓，和荷兰语的拼写有点儿像。我说服不了自己。

信息的缺乏促使我对家族姓氏的起源颇为痴迷。我四岁时，家里养了一只猫，一只可爱的玳瑁色的小东西。我拥有了给它取名的权利，我叫它"简"。它给我带来了莫大安慰，我后来意识到这只猫的名字和我的名字给人的感觉很像。（谁会叫一只猫"简"呢？）许多年来，我做梦都希望自己姓"史密斯"，这个姓对我来说完美无比，没人会把它读错或拼错，也不会有人苦苦追问你是从哪儿来的。

我拿到《安娜·卡列尼娜》时，大概十二三岁。那时应该是20世纪80年代中期，我在一家慈善商店和它相遇了。那是一本老旧的企鹅经典版。封面插图采用的是伊凡·克拉姆斯柯依[1]1883年创作的《无名女

1　伊凡·克拉姆斯柯依（1837—1887），俄国现实主义画家，以擅长肖像画闻名，代表作有《无名女郎》《作家列夫·托尔斯泰的画像》《俄国作家伊凡·亚历山大罗维奇·冈察洛夫肖像》《荒野中的基督》等。

郎》，这是最常见的安娜·卡列尼娜形象。我喜欢这幅画，但是是书上的名字——卡列尼娜——让我下定决心买了它。一个简单但读起来会让人迟疑一下的名字。有些人会读成"卡列——尼娜"（重读"卡"和"尼"），但理想的读法应该是"卡——列——尼——娜"，重音放在"列"上。我爱上了她的名字。后来又爱上了她的脸。她身穿天鹅绒的外套，头戴配有软毛装饰的贝雷帽，肌肤光滑白皙，身上弥漫着一股神秘的气息。我一看到这位让人深吸一口气的女性，就知道她是那个没有自信的、一脸雀斑又圆嘟嘟的青春期少女的理想自我："她就是那个我正在寻找的自我，既不是德国人，又不是荷兰人或者南非人。我会不会是俄罗斯人呢？"这个偶然冒出的想法改变了我的人生轨迹。

克拉姆斯柯依画作里的模特到底是谁不为世人所知，为了不让十二三岁的我脸红，我们自动忽略她很可能是个妓女的事实。尽管克拉姆斯柯依从没说过这名女子和安娜·卡列尼娜有关系的话，但十有八九读过《安娜·卡列尼娜》，在创作这幅画时，一定有意无意地想起了她。1873年，克拉姆斯柯依为托尔斯泰画肖像，彼时，这位作家刚刚开始这部小说的创作。我们无法断定无名女郎就是安娜，但不可否认的是，许多读者在这幅画上看到了安娜。我们希望无名女郎有个具体的参照，特别是我们这些把她当成理想自我的读者。

顺便说一句，把安娜·卡列尼娜当成理想自我去模仿不是什么了不起的事，而且必然会以失败告终。第一次读《安娜·卡列尼娜》，我就迷上了安娜浓密的眼睫毛。托尔斯泰热衷于描写女性面部的细节。在他笔下，安娜浓密的眼睫毛衬得她灰色的眼睛看起来有神了许多。受安娜摄人心魄的美启示，我开始用睫毛夹，希望能达到同样的效果。你要是以前从没见过睫毛夹，那我来普及一下常识。它长得像迷你版的中世纪刑具，用的时候，动作不仅得干脆利索，还得小心谨慎。有一回，我夹睫毛时稍稍分了下心，一边的眼睫毛就全部被夹了出来。我过了一年没有睫毛还斜着眼看人的生活。很久以后，我发现，托尔斯泰较早的手稿显示，他是特意让安娜长了一片毛茸茸的上唇的。达到这个效果比较简单，其痛苦程度也远比意外拔光眼睫毛来得低。《战争与和平》里的丽莎的上唇也有一抹微黑的汗毛。显然，托尔斯泰有此癖好。

认同故事人物安娜·卡列尼娜的想法，觉得她很"真实"，她就是"我们"中的一个，这是能让人理解的。这也是这部小说吸引人的若干理由的其中一点。表面来看，《安娜·卡列尼娜》是个道德训诫故事，讲了一个与人私通的美丽女子在劫难逃的爱情。但这本书真正关注的主题是身份、诚实和我们生活的方向。我们是谁？我们为什么来到这世上？这些发人深思的问题都寓于故事之中。这些问题把托尔斯泰折磨得寝食难安，他几乎是在《安娜·卡列尼娜》刚刚出版时就否定了自己的创作，退隐到了自己的心灵世界。托尔斯泰的情感危机是让我觉得自己的生活和这部小说息息相关的原因之一。这本书对于身份和我们当前的所作所为进行了另辟蹊径的思考，但是它没有提供问题的解决之道。这些没有答案的问题让人抓狂。托尔斯泰还因此试图自杀。

但是，读《安娜·卡列尼娜》不会让你有变成备受煎熬的宗教狂热分子的风险。这是一部很好的小说。安娜·卡列尼娜是政府高官阿历克赛·卡列宁的妻子，她年近三十，丈夫比她大二十多岁。她感觉生活寡然无趣，对未来不抱任何幻想。一个叫伏伦斯基的年轻人吸引了她，这个人魅力非凡，让人愉快，但除了外貌出色，并没多少优点。他们爱得热烈，也爱得脆弱，最终，安娜心中的负疚感压倒了这份爱情，因为她对常常让人恼火的卡列宁怀有些许歉意，更因为她对心爱的儿子谢廖扎负有责任。（爱称提醒：谢廖扎可以简化为谢尔盖。）就在她下定决心要和卡列宁离婚，不再参与她儿子生活的那一刻，她失去了活下去的勇气，消失在了火车车轮之下。这是一个可怕的时刻。

托尔斯泰在小说里编织了一条与之平行的故事线，这条线是关于信念坚定的年轻知识分子列文的，列文的性格——意外不？意外吧！他像极了我们十分尊敬的作家（托尔斯泰早年凭《战争与和平》获得了成功，其著作已经进入伟大文学的殿堂）。列文是安娜的哥哥斯基华的朋友。他们还有一层关系，斯基华的妻妹吉娣吸引了列文和伏伦斯基（在伏伦斯基和安娜纠缠在一起前）的注意。列文和吉娣的生活平静而满足，但也无聊至极，缺乏悬念；伏伦斯基与安娜的爱情象征着焦虑、不信任，但也代表着刺激和冒险。他们两对的关系构成了有趣的对比，虽然这点不常引人注意，但理解托尔斯泰对不同层面的幸福的解读有助于我们了解自己是谁。如果安娜不曾吸引伏伦斯基（或者说伏伦斯基不曾吸引安娜），吉娣和列文在一起可能就没那么顺利。一个人的幸福常常由另一个人的不幸来决定。我们当前的不幸可能会指向未来的幸福。（吉娣不会和伏伦斯基走到一起。他们即便在一起也不会幸福。）

从表面来看，《安娜·卡列尼娜》是关于两性关系的，更重要的是，是关于不忠导致的灾难的。可是，托尔斯泰爱上了安娜·卡列尼娜，不由自主地将她本该"不幸的"人生写得含糊其词，因此，托尔斯泰想表达的内容隐晦不明。当然，书中有一条贯穿始终的道德线。安娜受到了最为严厉的惩罚。但是我们通过托尔斯泰刻画安娜的方式能体会到他对她深切的同情。小说道出了人生智慧，要想活得真诚，我们必须清楚我们是谁。安娜发现她和伏伦斯基活得真诚但却难以为继，除了自杀，她别无选择。你要想在小说中读出革命的成分，这是你的选择。与其说安娜之死是对安娜不轨行为的评判，倒不如说是对整个社会道德水平的品鉴。"看看你给她安排的结局，她犯的错不过是爱上了一个人，做了真正的自己。"托尔斯泰要是在《安娜·卡列尼娜》中传达了什么信息的话，那也是一种妥协的态度。列文的生活看起来很"正确"，但真正代表鲜活的生活是安娜的，虽然她注定无法善终。

　　《安娜·卡列尼娜》被视为跨越时代的最伟大的小说，这没什么稀奇，主要是因为它触及了人生的重要问题但又无法给我们提供唾手可得的答案。这和陀思妥耶夫斯基的观点一致，威廉·福克纳也对此表示赞同。性情暴躁的纳博科夫无法开心地接受"白痴"（可能还没陀思妥耶夫斯基那么苛刻，陀氏公开了自己的观点）说这种风格具有"无瑕的魅力"的评价。托尔斯泰认为这部小说比《战争与和平》写得好。他甚至不把《战争与和平》看成小说，觉得那只不过是一部场景剧一样的虚构作品，是短篇小说的组合。然而，《安娜·卡列尼娜》是小说，而且他起初觉得这是一部很不错的小说。我常常很好奇托尔斯泰的妻子索菲娅听到托尔斯泰说这部两千两百页的《战争与和平》不是小说时会怎么想，她可是一遍遍地抄写了手稿。我想她一定有话说，可能不会说出什么好听的话。

当然，小说中对"你怎么度过你的人生"这类问题提供了多种答案。你可以选择像安娜的哥哥斯基华那样，满足于简单的、不爱思考的奢侈的生活，他只和自己喜欢的人喝香槟（没人是他不喜欢的）。或者你也可以走列文的路：自我牺牲、正直、关注灵魂。列文应当是幸福的模板，比如，他的生活稳定有规律，实际上，他也不幸福，他老是纠结是不是要将更多的时间花在耕地上。

《安娜·卡列尼娜》中，享乐主义和苦修并存，令人回味无穷。这部小说的开篇几章，作者就让我们和斯基华及他的好友列文一起进入了英国饭店，享受了一顿豪华的牡蛎、比目鱼大餐。托尔斯泰貌似漫不经心地抛出了出自《新约·罗马书》的题词："伸冤在我，我必报应。"这句引文告诉我们，如果有仇要报的话，上帝会用自己的方式捋清楚，你最好别贸然行事。这句引文出现在小说的标题旁，效果斐然，着实令人不安。这说明托尔斯泰那时痴迷或者开始痴迷于上帝，他坚信那种想象自己可以掌控命运的做法是愚蠢的（因为我们掌控不了自己的命运，这全凭上帝做主）。这听起来像是上帝的声音。这并不是说托尔斯泰因此过上了今朝有酒今朝醉的生活。

这句给人心灵带来阴影的话中的严肃的说教语气预示了，托尔斯泰否认《安娜·卡列尼娜》的价值后其晚期的创作基调。他在创作这部小说之时，受多种哲学思想的影响而开始苦修。他滴酒不沾，践行素食生活理念，他是忠诚的煮鸡蛋消费者，不容商量地拒绝各类糕点。（我常常想借时空旅行回到过去，给他尝尝果酱甜甜圈。我觉得他试了后可能会写出更多小说。他需要含糖碳水化合物来放松一下自己。）

也许这么总结人生有点儿随心所欲。但我控制不住地认为：托尔斯泰是想让上帝来对安娜（肮脏、不贞的私通者）进行制裁；但同时，他身上的人性部分（托尔斯泰也犯了不少肮脏的私通之罪）又让他看到了她的脆弱、美丽，因而他试图宽恕她。这句引文自相矛盾的性质揭示了《安娜·卡列尼娜》为何是一部复杂的小说，也揭示了小说无法明明白白地给读者提供关于如何活着的答案的解释。另外，托尔斯泰写的是一部训诫小说，他提醒读者注意，任何挑战上帝权威的人都不会有好下场，列文（托尔斯泰"好"的一面）是道德部分的故事主角。但是，托尔斯泰在故事行将结束之时满怀同情地描述了安娜·卡列尼娜的美丽。安娜此时不仅仅是故事中的女性角色，还是作家思想的延伸：作家希望消灭的那个愚蠢的自我，那个"坏"的托尔斯泰。

　　恰恰是这些矛盾之处成就了托尔斯泰"人生导师"的地位。他虽非白璧无瑕，但贵在诚实，这些特点都不是有意为之的。其实，他想掩饰它们。这让人更喜欢他。你若对他的人生粗略一瞥，就能看出他是个复杂且有趣的人。这是我有所保留地喜欢他的原因。他性情多变，不良习惯很多，心理状态不稳，苦恼了一生，千方百计地要克服这些缺点，却都无疾而终。但是，我们不就希望自己相交一生的朋友是这样的吗？

　　托尔斯泰到底是个什么样的人，我们可以从他在婚礼前夕对其妻子坦白往事这件事看出来。当时，他三十四，她十七。托尔斯泰和妓女、吉卜赛女郎、女仆都有过不洁的关系，回顾自己放荡的青春，他感到罪孽深重。他和庄园的农奴生了一个私生子。（我喜欢企鹅版《安娜·卡列尼娜》的作者在简介部分将这段故事称为"享乐人生"。我祖母会说这是无忧无虑的生活。）他对自己沉溺于享乐的过去充满罪恶感，于是给准新娘看了他的日记，日记上详细地记下了他往昔的作为和与之相关的性病。同样的情节在列文和吉娣之间重演。几十年后，托尔斯泰的妻子在日记中写道：她从来没有从震惊中走出来。

关于托尔斯泰性格的故事比比皆是，你要是有兴趣应该很容易就能找到。然而，过去十年，因为帕维尔·巴辛斯基[1]撰写了一本引人入胜的托尔斯泰传记《飞自天堂》，俄罗斯人重新燃起了对这位作家本人的兴趣（而不是天才托尔斯泰）。这本传记记录了托尔斯泰最后的日子，并因此获得了"俄罗斯国家图书奖"，其中有很多颇有争议的细节。一直以来，俄罗斯学术界都不鼓励深挖作家生活的做法，因为这么做会导致对写作这一重要事件的理解变得肤浅。巴辛斯基的书打破了困住俄罗斯人的魔咒，故而引起了他们的注意。整个俄罗斯都在思考："如果我们把托尔斯泰看成普通人，一样受情感役使，一样会对妻子大发雷霆，一样对吃鸡蛋有特殊的感情，他到底是个怎样的人？"这就是巴辛斯基笔下的托尔斯泰，俄罗斯人喜欢巴辛斯基的新发现。我并没有找到亚斯纳亚·波利亚纳鸡蛋销售额大增的证据，但我猜鸡蛋一定卖得不错。

巴辛斯基笔下的托尔斯泰不好相处，好发脾气，有时对家人很冷酷，时不时地还折磨下自己。难怪托尔斯泰作品中充斥着各种各样复杂的矛盾，难怪我们无法确定《安娜·卡列尼娜》的主题到底是什么。巴辛斯基的书试图为文学史上或许最令人震惊的自我厌恶行为提供背景信息。托尔斯泰几乎是在完成小说后就马上宣布要放弃艺术创作，转而进行他自

1　帕维尔·巴辛斯基，出生1961年，俄罗斯作家、编剧。

己所说的"灵魂重生"事业的。如上所说,我们不该读太多关于作家的传记。但我觉得你没法忽视的事实是,有人写了一部情感丰富、激情四射的小说,这部小说还碰巧成了世上伟大的艺术品之一,结果这人转身却说:"写这本书纯属浪费时间。现在我要走了,做一个热爱和平的素食主义者。"

托尔斯泰吃煮过的梨子以帮助消化(要加上鸡蛋),他不再是神一般的存在,而是个立体丰满的人物,他的新形象加深了我们对他作品的理解和欣赏程度。我知道了八十二岁的作家出门要戴两顶帽子,因为他觉得头冷;我知道他爱吃豆子和甘蓝;我知道有一次他妻子因为他离家不归却不告诉她而恼得拿刀子、剪子和安全别针伤害自己。这些事增加了我对这位作家的熟悉程度。(他和妻子的关系不稳定,这情况在他晚年更甚。两人关系恶化的原因不难理解,一方面和托尔斯泰想放弃支撑家庭财政支出的创作有关,另一方面和索菲娅·安德烈耶夫娜作为小说主要的抄写者却处于文学影响边缘的地位也有关系。)

巴辛斯基在《飞自天堂》一书中还揭示了托尔斯泰和许多现代人一样,承受了现代特有的问题的事实。我们在听说有人不堪社交媒体所扰,认为这是一个现代问题时,可以想想托尔斯泰的故事。他习惯了随源源不断的电报、信件和包裹寄来的死亡威胁。1908年,托尔斯泰八十岁生日那天,他收到一个盒子,里面装着一段绳子。有人给你寄匿名信是一回事,但送一段绳子,这就有点儿过分了。盒中附带的信上的签名是"一位母亲"。索菲娅打开了信件,她在日记里记下了信上的内容:"托尔斯泰等着政府吊死他就好了,什么都不要干了,这样省了他们的麻烦。"索菲娅猜测这位母亲在1905年的革命中失去了自己的儿子，把账算到了托尔斯泰头上。

托尔斯泰每次旅行都会不断地分神，他很容易受别人的观点、思想和辩论的影响，这些事物有点儿像他那个时代的推特。（现场报道："列夫·尼古拉维奇，能给我您的亲笔签名吗？顺便问一下，您坐飞机回去吗？"他签了名，说坐飞机可不是什么好主意，只有鸟才会飞。）他的家里也好不到哪儿去：人们源源不断地拥入他家（至少打断了频繁收到绳子的生活），来找工作，来借钱，来给他看他们乱七八糟的手稿。他只有逃到修道院去拜访他的姐姐，可那儿的日子也不轻松；他在那儿根本不受欢迎，因为他已被教会革除了教籍。可怜的托尔斯泰。

知道了托尔斯泰在宣布反感《安娜·卡列尼娜》后承受的痛苦折磨，我更有耐心去理解这部小说所传达的意义了。这是奇怪的小说之一，读起来很美，难度不大，满是阳光和温暖。但是，当你坐下来思考其终极意义之时，你会觉得它像撒旦的呼吸。终极意义？"不要太自私，否则你会自伤己身。"虽然这部小说充满了深沉的欢乐和温和的幽默，甚至还有自嘲的部分（托尔斯泰刻画的列文有他自己的影子），但有一个怪异之处，这部小说给人一种由悬而未决的冲突带来的不安之感。

比如，女主角到第十八章才出现，这让读者觉得很怪。你第一次读这部小说时，在阅读前几十页（具体是六十还是七十页，要由你读的版本来定）的过程中一定会在心里一直嘀咕，"是的，是的，都不错。有伏特加的聚会很棒，滑冰的场面也很好。可是，咚咚咚咚，安娜呢？她不是女主角吗？"她出场时几乎是反高潮的。她突然而至。想想看，她可能是文学史上最伟大的女主角，我们和她的初次会面时间却一推再推，迟得让人上火，她终于出场了却又低调得让人匪夷所思。"伏伦斯基跟着列车员登上车厢，在入口处站住了，给一位要下车的太太让路。"一位太太！安娜仅仅是一位太太！还有没有更低调的出场介绍？首先出场的是那吓人的、有关复仇的铭文。现在女主角出现了，着墨却少得不可思议。

我们来重温一下这句话。他"站住了，给一位要下车的太太让路"。就这样吗？她出场了？真的吗？这是典型的托尔斯泰风格。让最重要的人物貌似漫不经心地出场，而且晚得让人"心塞"。让她从背景中走出来。不要大惊小怪。这种延迟的出场不但要求读者具有非凡的智力，还要求其拥有圣人般的耐心。我们立即猜到，不需要托尔斯泰说明，火车上的太太就是安娜。我们明白（至少猜到）她很重要。出于对我们智力的尊重，他没有直接把她推到我们面前。他也不想通过宣布她的出现来贬低我们的智商："看哪！这就是安娜·卡列尼娜！她会死掉！我告诉你，她会死的。"（我忍不住地想，狄更斯会让一个过路的流浪汉完成宣传任务。抱歉，狄更斯，我无意冒犯。）托尔斯泰这种写法不同寻常，明明醒目至极却显得不引人注意（眨眨眼，就会错过），这比他让安娜玩着单车从火车形状的蛋糕里出来，然后跳着唱歌还要耀眼。

有趣的是，小说第一部整个在讲安娜的哥哥、官员及花花公子斯吉·奥勃朗斯基——斯基华（是的，又是昵称）或者某些丝毫不考虑转写标准和常识的荒诞不经的翻译版本里的斯蒂夫。如果给第一部拟个标题，那应该叫"安娜·卡列尼娜的哥哥"或者"斯蒂夫的故事"。当然，借用那些错误的翻译称他"斯蒂夫"可不是什么好主意。他不是斯蒂夫。叫"斯蒂夫"的人不会点牡蛎和比目鱼，也不会和品行可疑的女士一起喝香槟。这些女士身上的味道浓得好像她们在提取了植物、树木和辣椒成分的19世纪的香水中泡过。如果这本书不叫《安娜·卡列尼娜》，而叫"斯蒂夫的故事"（抱歉，斯基华），我猜每页都得写上点吃牡蛎、喝香槟这种事儿。（我知道我现在有点儿自相矛盾，我说过名字不是我的重点。但是，真的，斯基华·奥勃朗斯基不是斯蒂夫。）

可以说，奥勃朗斯基是整篇小说的黏合剂。他去火车站接安娜，而安娜在旅途中和伏伦斯基的母亲坐在一起。安娜是他的妹妹，列文是他最好的朋友。伏伦斯基某种程度上算是他的工作伙伴。奥勃朗斯基是公务员，而伏伦斯基是军官。他们都是上流社会的成员，奥勃朗斯基把了解上流社会人们的所作所为当成重要的事业。但是，尽管如此，这本书的主角不是奥勃朗斯基，也不可能是。因为他骨子里是个明白自己喜欢什么的幸福的人。这本书的主角是安娜，只能是她。因为她才是那个弄不清生活意义的不幸之人。这可能有点儿矛盾。我们知道安娜的哥哥应该是个"幸福的人"。然而，快乐的放荡生活却给他带来了痛苦。他的妻子发现了他和别人的暧昧关系，快要气疯了。她痛苦，连累得他也开心不了。这是安娜来访的原因：安慰她哥哥受伤的妻子，替他求情。这应该是"幸福家庭"的含义。很明显，我们不能只看字面意思。

我们不会因为占据这本书开头很大篇幅的斯基华欢快的享乐主义生活丢了重点。托尔斯泰认为这种过度的享受太肤浅。完成《安娜·卡列尼娜》不久，托尔斯泰在他的传奇散文《忏悔录》里写道，生活了无意义"是人们唯一无须争辩的知识"。哦！托尔斯泰，你这个老家伙。他为这个想法做好了铺垫，正如他为安娜之死做的铺垫一样。他像经典的宿命论贩子一样，在我们遇到安娜之初，就预告了她的不幸。接下来，在我们看到了安娜的妩媚、温柔和谜之魅力后，托尔斯泰饶有兴味地安排了一个看路工来发现安娜被轧死在了火车车轮下。"听说轧成两段了。""自己扑上去的！……轧死了！……"好啦，好啦。不再继续啦。安娜在这儿替托尔斯泰说："这可是个凶兆。"确实如此吧。

这个预兆显然是有意为之。托尔斯泰从一开始就打定了主意让安娜·卡列尼娜最终在火车车轮下丧生，因为现实生活中的情况就是如此。托尔斯泰开始创作《安娜·卡列尼娜》的那一年，他有个邻居和情妇发生了口角。女人叫安娜·斯泰潘诺夫娜·皮洛格娃。（她名字的含义是"喜欢馅饼的安娜"。这个标题是不是比"斯蒂夫的故事"好得多。）亨利·特罗亚[1]的托尔斯泰传记里写道，这名女子"个子很高，身体丰满，脸盘子很宽，性格随和"。我把这理解成委婉地说她"胖"或者"肚子里都是馅饼"。不管什么意思，托尔斯泰的邻居抛弃了喜欢馅饼的安娜，爱上了一位德裔家庭教师。现实里的安娜（喜欢馅饼的这个）接受不了，在村子里失魂落魄地转了三天，自己投进了滚滚的火车轮下。（我忍不住想说："世上何处无饼吃。"这么说显得我太冷漠了。）

安娜·斯泰潘诺夫娜·皮洛格娃留了个便条给她的情人："你是凶手。如果谋杀者可以幸福的话，祝你幸福。如果你愿意的话，可以去看看我在铁轨上的尸体。"1872年1月5日，托尔斯泰去尸体解剖现场看了。我们来想象一下去现场的托尔斯泰，推测这件事对他的影响。他着手写《安

1　亨利·特罗亚（1911—2007），法国作家，生于莫斯科，以传记作品闻名于世。

娜·卡列尼娜》时，让女主人公用了自杀女子的名字，把她的父称给了女主人公的哥哥奥勃朗斯基。恐怕不止我一人想起这些就汗毛直竖吧。

我们第一次见到安娜·卡列尼娜时，她正要走下火车（怕得倒吸一口气），我们还不知道她最终的命运。托尔斯泰知道结局，他抛出一些暗示来捉弄我们。我们第一次见安娜，她从一节火车车厢里走了出来，托尔斯泰可以安排她出现在任何地方，但她却是从一节火车车厢里走了出来。自然又不可避免地，是一辆把人碾得血肉模糊的火车。小说开头几十页用优美的散文制造了悬念，为我们初次瞥见安娜的瞬间做了铺垫。托尔斯泰让你花费好一段时间解开这个珍贵的礼物包，撕下一层又一层的包装，你看到了舞会、皮毛大衣和塔夫绸裙，结果发现自己的奖品裹在烟雾和蒸汽中，被那些看热闹的人群因为看到"一具血肉模糊的尸体"而发出的呼喊声夺了风头。

托尔斯泰没有必要预告安娜的死亡。但他情不自禁地提醒我们，除了我们的命运都已事先注定外，他不确定还有什么能告诉我们的。这就好比托尔斯泰在说："是的，我会给你们展示生活的意义。但是我自己得先搞清楚。读这部小说吧，里面可能有，也可能没有你想要的东西。"我试图翻译他的话。托尔斯泰永远都不会这么说。他可能会说："人生的一切变化、一切魅力，都是由光和影组成的。"这是安娜的哥哥斯基华的话。（当然，列文——托尔斯泰在小说中的化身没听见。）托尔斯泰可以创造美和魔法。但是他像《绿野仙踪》里奥兹国的巫师，出场的烟雾也好，镜子也好，都是他用来装腔作势的道具而已。在这一切的伪装下，托尔斯泰不过是个想吃很多鸡蛋、在精神崩溃边缘徘徊的可怜人。

安娜·卡列尼娜，无论是人物还是小说，都体现了托尔斯泰穷其一生想要回答的问题:我该怎么度过这一生? 过好日子是什么样子? 我怎么知道我做的事情是对的? 生活是应随心所欲地过，还是要制订宏伟的计划? 如果生活是随意的，我们怎么做出决定? 如果有宏伟的人生蓝图，我们去哪儿找到它并接受它的引领? 小说里提出许多类似问题的人是列文，而探索这些问题的人是安娜。

托尔斯泰把这个宏伟计划写进了他的作品中。只是这个计划不够好。读他的小说时读者很容易会想，"哦，我明白了，托尔斯泰并不了解真实的人生。他刻画的所有的人物都在苦苦挣扎，他们常常背叛自己的朋友，偶尔才注意到美丽的落日景象。"(我们稍后会发现，这基本上是《战争与和平》中的情节。)但是一旦你读多了他的作品，就会开始想，"哦。对于人生，托尔斯泰懂得真多。他刻画的人物生活在一团乱麻中是因为生活本身就是如此，这才是真实的、正常的生活。"这既鼓舞人心，又让人深深地沮丧。

我常常想，托尔斯泰努力思考我们活着的意义，部分原因和他的人际关系状况有关。理解别人对他来说是个负担。他天性喜欢独处，花了许多时间独自写作。尽管他上了年纪后和家人有许多冲突，但还是愿意被孩子们围绕，给他们读故事，在餐桌旁和他们追逐嬉戏。《安娜·卡列尼娜》足以证明他对日常家庭生活的洞察力:他注意到了许多与性有关的细节。他喜欢提及自己喜欢女性上唇的绒毛;他还草草提过生育控制(斯基华的妻子陶丽和安娜的对话里);他对生产后刺痛的乳头(陶丽提到过)表示了关心。他渴望和那些与他的智性自我格格不入的人建立联系。他希望能明智地评判人，也包括他自己。但是他缺乏辨别力，因为他太善良、同情心太盛。他说起圣徒一般的列文和享乐主义者奥勃朗斯基："他们各自都以为自己所过的是唯一正确的生活，而别人却在虚度年华。"你只有对别人怀着同情时才会这么想。托尔斯泰要是对自己像对他那些"轻浮小说"中的人物那么友善就好了。但这也是他有魅力的地方之一：他令人生畏的名气和他传记中更令人感到安慰的、更具人性的细节相矛盾。

文学史上最有名的开场白之谜又怎样破解呢？"幸福的家庭家家相似，不幸的家庭各各不同。"仅仅是措辞巧妙吗？还是其中蕴藏着关于幸福的深刻含义？只要不光看字面意思，就会知道这是个伟大的议题。托尔斯泰用八百页的篇幅解释了这句话的意思。幸福生活具有乏味、持续不变的特征。在他看来，幸福生活包括家庭生活（家里得有孩子），活得有意义（意思因人而异，对托尔斯泰来讲，是锄很多地），并且和自己的命运和平相处（托尔斯泰没有做到这一条）。虽然他是个多产且勤奋的作家，但没有很大的物质野心。《智慧历书》出版很久以前，他已经列出了灵魂提升清单："每个人的人生目标应当是成为越来越好的个体。"

因此他说，预测带来幸福的共性是容易的，而不幸却各有各的不同。结论是什么？我们最好将注意力放在对所有人有利的部分，而不是只关注个体的痛苦。向那些看起来过得有意义的人学习。和他们谈谈，模仿他们的生活，紧跟他们的步伐。不要通过性放纵或得各种性病然后不得不向新娘坦白那不堪的过去的方式来给人留下深刻的印象。这种看待生活的方式显出了作者的同情心。幸福这个事儿，不用想太多。来之，则享受之。不要过度纠结不幸的原因。

安娜·卡列尼娜自杀之时懊悔不已。她在将要被火车轮子碾过时惊恐地说:"我这是在哪里?我这是在做什么?为了什么呀?"我们明白,她此时问这些已经没有了意义。她有过机会,但错过了。托尔斯泰想说什么呢? 我们需要问这些人生问题,但不要太迟。

最后,托尔斯泰问了些关于文学的问题。告诉我们如何活着是小说存在的意义吗?悲伤的是,他通过创作《安娜·卡列尼娜》的经历发现了自己不要这样活着:他不想做写有趣但复杂的故事的小说家。得出了这个结论后,他没有遵循自己给出的建议,不像那些幸福的人,他以自己的方式过着不幸的生活。《安娜·卡列尼娜》给出的最终答案是什么? 可以寻找答案,但人生本质上是不可知的。我们需要不遗余力地寻找意义。有时,我们接近它,但更多时刻,我们失望不已,然后死去。抱歉说得这么绝望。我有没有说过,不是所有的人生智慧都让人开心,别忘了,我们谈的毕竟是俄罗斯文学。

Ⅱ

如何面对人生的无常：

《日瓦戈医生》

或：不要离弃怀孕的妻子

《日瓦戈医生》，帕斯捷尔纳克著，张秉衡译，人民文学出版社，2018年。

"活着真好，"他想，

"但为什么这么令人伤心？"

学一门崭新的语言的怪异之处是你学得越深，越会留意那些展现母语习得者心理的微妙细节。1992年，我初到俄罗斯，俄语水平已经到了能听懂日常聊天的程度，结果惊奇地发现他们像从一部糟糕的詹姆斯·邦德电影里走出来的人物一样，一直真诚地说"命运"这个词。刚开始我觉得很古怪，还以为是自己的想象或者听错了。"什么？你问为什么？没什么原因，命运而已。""你在一个重要的历史时刻来到俄罗斯，这是命运所致。"我还常常听到："干了吧，维维卡，这是命运的要求。"是的，我后来交了一群叫我昵称（小维芙）的朋友。我的房东上了年纪，听成了"维普卡"。于是，我有了很多名字：维芙卡，维普、维普拉（小小维普），还有维普兰卡（亲爱的小小小小维普）。古怪吧，我的朋友们是认真的，不是在开玩笑。我习惯了有人在房间那头喊："亲爱的小小小小维普，来我这儿吧。"

过了一段时间，听到这些名字时我心里已经不觉一丝异样，认为这很正常。俄语里奇怪的地方太多了，你只好放弃关注。除了常听到"命运"这个词，除了被人叫作"亲爱的小小小小维普"，"灵魂"也是俄罗斯人的日常谈话中出现的高频词。任何事情只要难以解释，他们就会说："这是俄罗斯的灵魂。"赞美美妙的音乐、精彩的戏剧或者优秀的写作时，他们会说："它们触及了你的灵魂。"最高的赞美是："你有一个俄罗斯的灵魂。"

人们在日常聊天中顺便说出这些话时不见一点儿造作之气。不是因为人们古怪或者严肃到了可笑的地步，虽然我在20世纪90年代初遇到了许多古怪又严肃的人。命运和灵魂在俄罗斯所有人心目中占据重要地位。他们感觉得到它们的存在，把它们当成真实的事物。起初，我怀疑它们的存在，但后来意识到它们对我很有帮助。"灵魂"可能接近我们所说的本能。无视它，会给我们带来灾难；"命运"和我们说的现实差不多。接受它们对我们有好处。

帕斯捷尔纳克史诗般的小说《日瓦戈医生》是文学史上完美演绎这两种情感的例证。尤拉·日瓦戈拥有最纯正的俄罗斯灵魂，他在与命运的抗争中历尽艰辛，活了下来。小说从一场短暂、令人压抑的葬礼开始。尤拉的母亲正在被埋葬。他十岁。棺材被放到墓穴里，泥土雨点般四散开来，墓穴被填满了。尤拉踏上坟丘，仰起头好像狼准备嗥叫一样，失声痛哭起来。这是经典的帕斯捷尔纳克情节。设置一个场景，用别具一格的画面装饰它，再释放情绪。想到《日瓦戈医生》，我就想起它开篇的葬礼场面，还想到自己在俄罗斯参加过的唯一一场葬礼。每当我想起自己和这个国家的缘分，就会在记忆中回忆起这段往事。我从没有像那次一样深刻地意识到自己是在俄罗斯的外国人。

第一次亲身体会到俄罗斯人命运观的那天，我是被早晨五点半的一阵沉闷而遥远的敲门声惊醒的，这么早敲门实在有点儿可笑。砰砰砰的敲门声模糊地传到耳朵里，我感觉自己像在水下一样。我还在熟睡之中，做着奇怪而热烈的梦。我的朋友们亲昵地叫我"小小维普"的那个夏天，我经历了自己的第一次俄罗斯之旅，自那之后一年，我又因为海外大学项目[1]回到了圣彼得堡，一边教英语，一边希望能练一口流利的俄语。离开英国前，我看了电影《闪灵》。这是个可怕的错误。我讨厌恐怖电影，看了后发现，在阳光灿烂的日子里自己依然觉得有鬼魂出没。而且，我在圣彼得堡西北边住的地方特别像电影里的旅馆，长长的走廊里灯光黯淡，头顶的灯摇曳如鬼火。如果你想杀人，并在掩盖你的杀人踪迹之后，用西里尔文在镜子上写下"红色朗姆酒"，这家旅舍绝对是最佳场所。住在这个像恐怖片里出现过的地方，感觉很不真实，我心中既恐惧又焦虑。我常常在梦里看到杰克·尼科尔森[2]用俄语对我大喊大叫，吓得我一身冷汗。

周围的气氛已经给我造成了巨大的心理压力。管理我们这十来个稚嫩的准英语教师的负责人都不知道发生了什么情况。有人说我们会在课上遇到一个"循道宗信徒"[3]，我们眼前浮现出一本本《圣经》和祈祷书的景象。我们组长说不知道学俄语怎么突然和宗教扯上了关系，但她不喜欢刨根问底。后来，我们才知道俄语中"循道宗信徒"指的是训练你教学方法的教师，这和约翰·卫斯理的卫斯理宗[4]没有关系。我们等着进一步培训时，我在空荡荡的本地商店逛了逛，用不多的卢布买了薄荷烟、大量的卫生纸（当时物资紧缺，这好像是唯一供给充足的商品）和一件十分漂亮

1　语言系的学生需要有一年海外语言学习的经历。

2　《飞越疯人院》《闪灵》等电影的男主角。

3　循道宗（Methodism），主张认真研读《圣经》，过严格的宗教生活，恪守道德规范。英文"method"有"方法"之义，将教学方法错听成"循道宗信徒"和"method"一词有关。

4　卫斯理宗是基督教新教的一个教派，即循道宗。

的手工缝制胸罩。就在这个时候，有位朋友去世了。不算亲密，但称得上朋友。

我对黎明的敲门声也不是一点儿心理准备都没有。在那之前几天，我就听说一个认识的名叫"玛莎"的俄罗斯女孩自杀了。当时她大概十八九岁，我二十岁。我和玛莎并不熟悉，但我挺喜欢她的，把她当作朋友。在我们这个从英国来的小群体中，我是少数几个已经在当地有朋友的人之一，这些朋友都是我一年前在圣彼得堡的三次旅行中结交的。那是我第一次去俄罗斯，在大学第一学年最后的几门考试差点儿没过之后，对学习俄语的最后尝试。

20世纪90年代初，我那些年轻的俄罗斯朋友的生活过得异常艰难。对他们来说，和我做朋友不是件轻松的事儿。我代表着异域情调和激动人心的生活。对一些人来说，我是潜在的金主、奢侈品提供者，或者是大家都想要的东西——牛仔裤的供应者，最好是李维斯的。有一次，我和我教的英语班里的一个学生聊天，他问我给自己的乌克兰男友送什么圣诞节礼物，我脱口而出："牛仔裤。"对话停了下来，我们俩都在默默地思量，或许我不该这么坦白。他意味深长地回了一句："送我这个，我也愿意做你男朋友。"我尴尬得要死。我知道因为自己的外国人身份，我和一些俄罗斯朋友的亲密不太自然。我们喜欢彼此，一起玩得很开心，但这改变不了我们的友谊在本质上的生疏和不稳定。在这种情况下，对于死亡，特别是面对和我年龄相当的朋友自杀身亡的事，我在情感和语言上都不知所措。

我的第一反应是震惊，我为玛莎的母亲感到悲伤，也为那些玛莎从小就认识的朋友感到悲伤。我的反应很实际："他们都过得很压抑。玛莎却是个快乐的人儿。她死了,他们都会好好地思考下生命的意义。"我也很不厚道地想到,玛莎之死体现了俄罗斯人的生活状况。我在英国二十年,身边没有一个朋友自杀。可我到这儿还没两个星期,才认识了十来个人,就有一个自杀了。

得知玛莎去世的消息并被邀请去参加她的葬礼时,我百感交集。我不是她最亲密的朋友,而且还是个外国人,一个局外人,我觉得自己在她葬礼上出现并不合适。但我也知道,葬礼上有外国人出现,她的家人和朋友都会觉得有面子,再说,还有朋友希望我去。我去了可能会给他们带去一点儿安慰,但对我来说这有些强人所难。你怎么都做不到言行得体。很明显我的那些朋友都希望我去,我若不去可能会冒犯他们。("命运""灵魂"和"冒犯"在俄罗斯都是重要的事情。拒绝不值一提的小事儿可能被解读成:"冒犯了我。")

现在想来,觉得很是奇怪,我不确切地记得有人告诉过我玛莎的死因。我记得当时自己对这个问题想了又想。我很沮丧,因为我的俄语还不够好,别人说的话,我不能全懂,也不会替换用词。我清晰地记得有人说了一句我听懂了的话:"她不想活了。"说话的人耸耸肩,一副了然于胸的样子:"你知道怎么回事。"年少时,我们什么都不懂,但我们觉得自己什么都懂。多年以后,我发现诺贝尔文学奖获得者、白俄罗斯作家斯韦特兰娜·阿列克谢耶维奇[1]在《死亡的召唤》中写的苏联解体后白俄罗斯的自杀

大爆发事件大概也发生在这一时期。她认为那么多人自杀是因为生活中有太多的不确定,人们不知所措,再也不想坚持下去了。许多人全身心地投入了国家的建设,政治上的变动对于他们来说关乎个人身家。玛莎看起来不属于这一类人。她胖乎乎的,漂亮极了,长着一张喜庆的娃娃脸。天使般可爱的脸颊和蓬松的棕色卷发让她看起来像个俄罗斯套娃。她是个开朗的女孩,友善、甜美、纯真。到现在我都觉得那是她求救的一种方式,而不是存心自杀。

我听到沉闷的敲门声的那个早晨,实在不想起床,不想在蟑螂出没的小隔间里凑合着洗澡。学生宿舍的浴室里,砖不断地从墙上落下来。昆虫混在落下的石膏里,穿堂风呜呜地从墙缝里溜进来。室外非常冷,那种干冷刺骨的天气即使在圣彼得堡也很少见。我也不知道参加葬礼穿什么好,没有黑色衣服,关键是没有黑色外套。我带去的唯一一件外套在大多数场合都不合适,更不要说去参加葬礼了。我之前在一家二手商店买了一件带羊皮衬里的老人款棕皮夹克,是想让自己看起来像《四重人格》[1]里酷酷的摩斯族,结果我穿上它看起来像从《弓箭手》[2]里走出来的人物。在俄罗斯零下十摄氏度的天气穿着它去参加葬礼可不是什么好主意。三个来接我去参加葬礼(我的俄语太差,当时还不能独自坐火车到达目的地)的朋友看到我的棕色夹克,眼中满是惊奇和怜悯。"你不化妆吗?"有个

1　英国导演弗兰克·罗达姆1979年的作品,讲述了1960年代英国劳工阶级年轻人的生活。当时摩斯族在青少年中十分流行,他们喜欢多元音乐、派对、改装机车,反对战争。电影里摩斯族的年轻人爱穿长款皮衣外套。

2　1950年BBC开始播出的广播剧,是目前世界上播放时间最长的肥皂剧,讲述了发生在一个叫"安布里奇"的农业社区里的故事。作者此处意指穿皮夹克本来想让自己显得酷、时尚,结果却显得土气。

朋友忽然问我，"带着化妆品去吧，"他又嘟哝了句，"女孩儿。"我知道他是什么意思。天还很早，两个朋友哇啦哇啦地说着，我也没心情问他们为什么，就直接把化妆包塞到了自己的手提袋里。

那是我在俄罗斯经历的最久的旅行，一下走了好几个小时。我们去地铁终点站搭城际列车。我分不清东南西北，也不知道我们在哪儿。去的路上，我很震惊，我的那些男性朋友竟然在地铁里抽烟。他们这么做可能会被逮捕，还可能会给我们带来麻烦，导致我们赶不上葬礼甚至被扣留，再说，去葬礼的路上抽烟终归不合适。我对着他们做手势、皱眉头以表示反对，但是他们耸耸肩，有点儿嘲弄地看着我，好像在说："我们是去参加自杀的朋友的葬礼，没人会介意在地铁上抽烟这种小事儿。"我坐着，用沉默来表示抗议，眼睛一直盯着车门上"不要倚靠玻璃"的标志，对于学俄语的人来说很容易看成"不要做象动作"。（我不让自己去想玛莎的事儿，脑子里却一直转着这些念头。）

我们去的地方的风景和《日瓦戈医生》里描写的一样：田野绵延几英里，除了墓地和几处墙壁斑驳的貌似工厂的建筑外空无一物。回首往事，如果我能事先预料到接下来发生的事情，可能怎么都不会去参加葬礼。那天我努力挤出各种表情假装没受到惊吓，但实际上已经被吓得魂飞魄散。我们在一栋房子外面排了会儿队，我开始甚至不知道我们为什么在那儿等，也不知道这栋房子是做什么用的，后来听到有人说morg（和英语一样，都是"停尸房"的意思）这个词才明白是怎么回事。我害怕得直哆嗦。我正在那儿排队，几个女孩朝我走过来。我根本不认识她们。很明显她们是玛莎的朋友，和我熟悉的圈子里的人不一样。她们脸上的妆很浓。一个问我，"你是外国人吗？维普利娅？小小小小维普？"

"嗯。我是维普利娅，小小小小维普。"

"你的化妆品带来了吗？"

"带了。"

"我们借用下怎样？"

"呃，好吧。"

我递了过去。沉默。金发女郎看了看地面，"这是给玛莎用的"。

我终于明白了。她们要用我的化妆品给她化妆。用西方国家的化妆品化妆是她最后的荣耀。现在我明白他们为什么都坚持让我出席葬礼了。此后我再也没碰过倩碧紧致系列。

在鼻涕都能冻住的刺骨严寒中，我们在外边站了一个小时才被领进停尸房，那里的温度和外面差不多，可能是心理因素，那里让人感觉更冷。吓人的是（我小心不在脸上露出惊讶的神色，其他人似乎都觉得这个地方很正常），房间里有十五到二十具尸体，摆得到处都是，有的在厚木板上，有的在椅子上，多数是上了年纪的男子。从他们乱糟糟的外表看，他们要么是在孤独中死去的，要么是无家可归的酒鬼。有个人的脸扭曲得几近狰狞。

躺在那里的玛莎还是原来的样子，这给了我一些安慰，她的脸透着平和与宁静，因为刚刚涂上了倩碧的腮红，她的脸显得红润有光泽。看到她穿着白色蕾丝婚纱，我很是震惊，但尽力掩饰自己。有个女孩在我耳边低声说"基督的新娘"。照规矩我们得弯腰亲吻她，我假装亲了亲她。就在那时，我发现我不属于这个国家，和这群朋友格格不入，顿时茫然不知所措。

接下来的几个小时在我的记忆中一片模糊，但最糟的部分却一直挥之不去。因为自杀者不能埋入主墓园，我们走了很久才到墓穴。玛莎的妈妈扑到坟墓上，满怀悲痛地喊，"我可怜的孩子！"在场的其他女人也都开始哀号恸哭。我多希望我的俄语水平还不足以听懂她哭着喊"我可怜的孩子"。我们在一家装饰有米色外墙的瘆人的酒店为玛莎守灵，我明白我们要绕着桌子说些和玛莎有关的感人的话，但我实在不会用得体的俄语说出恭敬但又诚实的话。我还得喝蜜粥——人们在葬礼上喝的带葡萄干的煮米粥，这让我觉得很可怕。那是东正教国家的一道主食。看到蜜粥，其他人露出了兴奋的表情。可能他们不怎么吃葡萄干吧，我猜。后来证明我是对的。

对那天在场的所有人来说，那是一个让人感到悲惨和不安的日子，事情发生之后，我就把它尘封在了心底。在此后的岁月里，无论是在俄罗斯的那段时间，还是以后和俄罗斯人打交道，我有许多积极愉快的经历。那一天不能代表全部的"俄罗斯经历"。玛莎自杀是一场可怕的悲剧，但我以局外人的身份亲眼见证了它是非同寻常的经历。但这也十分诡异，给人带来压抑的感觉。好像冥冥之中，一切命中注定。无论后来我俄语说得有多么熟练，书读了多少，无论我多么用功地去理解并认同俄罗斯文化，每当我问自己到底有多少像俄罗斯人时，都会想到那一天，回想起那种格格不入的感觉。我可以假装喜欢这一切，但永远永远做不了俄罗斯人，我也永远永远不会带着自己喜欢的化妆品去停尸房。

20世纪所有探索"俄罗斯性"的小说中，《日瓦戈医生》做到了极致。"命运""灵魂"这样的字眼在小说中反复出现，死亡从不遥远。虽然它是一部民族史诗，但也充满热腾腾的烟火气：混浊的炸鸡的气味充斥在故事中，即使是古龙香水也掩盖不了日常生活中的恶臭；到处是挥洒的颜色，特别是淡紫色。（巧的是，纳博科夫也频繁地写到这种颜色。）某种程度上来说，日瓦戈医生是俄罗斯文学中的典型人物：诗人和医生不是革命的产物，但也不是敌人。我们在他母亲的葬礼上看到的男孩儿长大后开始写诗，小说最后还附有这些诗。在凭借《日瓦戈医生》出名之前，帕斯捷尔纳克的身份是诗人。

《日瓦戈医生》在1957年出版后迅速被译成了英语，接连两年稳居美国畅销排行榜之首。1958年，帕斯捷尔纳克获诺贝尔文学奖。故事发生在1905年到俄罗斯内战之间，后记延伸至1940年代，这本书近距离地记述了政治动荡造成的伤害。少年日瓦戈出身于富裕之家，母亲染上了肺痨，需要定期去法国和意大利接受治疗。他知道他们家族的姓氏不凡，银行、工厂及许多与此风马牛不相及的东西都要冠上"日瓦戈"，甚至还有什么"日瓦戈领带别针"和像圆筒形朗姆巴巴蛋糕[1]的"日瓦戈甜饼"。但是日瓦戈从未谋面的父亲早已将钱财挥霍一空，他和母亲过得并不阔绰。

日瓦戈的父亲从一辆行驶的火车上跳了出去。（又是火车，又是自杀。我们先别说这个了。）他的随行律师科马罗夫斯基让全车的人一直等到签了调查记录才作罢。日瓦戈被安顿在莫斯科的亲戚格罗梅科家里。格罗梅科家的女儿冬妮娅像日瓦戈的妹妹一样，两人心里都认定对方会是自己未来的结婚对象。莫斯科还有位漂亮的年轻女孩拉拉，她帮寡居的母亲（"俄罗斯化的法国女人"）经营一家生意萧条的制衣店。科马罗夫

1　朗姆巴巴蛋糕，流行于法国和意大利，是一种在圆筒形蛋糕上浇朗姆酒的果糖浆甜点。

斯基是她们家的常客。

拉拉十六岁时，科马罗夫斯基邀请她参加了一个舞会，她被拖进了一段让她并不十分情愿的关系中。拉拉后来与帕沙·安季波夫结婚，但他得知她的过往后伤心欲绝，投入了革命的洪流。同时，冬妮娅和日瓦戈结婚。革命开始，战争来了，很多人失去了自己的家园，撤离了莫斯科。日瓦戈在前线做志愿医生，拉拉是护士，在那儿他俩第一次相遇。那时，他们之间没有故事，但他把她和烙铁熨过的毛织物散发的气味联系在了一起。（很复杂是吧？这部小说故事细节极多，我尽自己所能概括出大意。）

后来，革命爆发，日瓦戈一家逃到了尤里亚金的乡间宅第，他们认为那儿会是安全之地。其实，作为"旧人"（贵族或者中产阶级，不包括工人），他们在哪儿都不安全。日瓦戈医生随时可能会被军团召去用自己的专业为他们服务，当然，他并不情愿。这儿有个重要的巧合，拉拉就在不远的地方。他们俩的恋情开始了。有一天，日瓦戈在进城时，被革命力量绑架，他们强行让他做了他们的医生，而冬妮娅此时已经怀孕多时。日瓦戈一直找不到把消息捎给冬妮娅或者拉拉的办法。几个月后，他回到家，发现冬妮娅已经走了，而拉拉还在。两人逃到了格罗梅科家的庄园，才知道当局正在追捕日瓦戈，因为他写过一些反军团的诗作。尽管关系已经破裂，科马罗夫斯基仍然跑来提醒他们会被逮捕。日瓦戈决心救拉拉和她女儿，他留了下来，等着被捕。他们从此再也没见过对方。

那么多的命运，那么多的巧合。命运是这部小说彰显的主题之一。"为什么我的命运是看到这一切而且还要记到心里去？"拉拉想。个人命运很重要，那些在某个特殊时刻出现在你生命中的人可能决定了你的命运。历史命运同样重要，它可以用积极的方式影响你的个人命运，也可能把你的人生搅得一团糟。或许帕斯捷尔纳克在这部小说中试图回答这个问题："当命运的风将你吹得晕头转向时，你怎么才能做自己？"

这部小说刚出版时被视为遭受国家伤害的个体的辩护词。帕斯捷尔纳克起初到底希望这本书掀起多少讨论，我们至今不得而知。他说："革命不是小说的重点，就像蛋糕上的奶油一样，是它理所当然的一部分。"这和说"革命是在浪费时间"大相径庭。或许，帕斯捷尔纳克是想写一本可能会受到批评，但是能够被出版和传阅的书。又或许，帕斯捷尔纳克很像日瓦戈医生，日瓦戈对军团的态度模棱两可，帕斯捷尔纳克同情工人的立场，但也十分清楚这一切是有问题的。

多数读者认为，帕斯捷尔纳克想描绘苏联时期的生活场景，人们身陷时代的洪流中，面对命运的无常产生了深深的无力感。日瓦戈并没有按他认同的道德观（例如，抗拒和拉拉的婚外情）生活。他是个软弱的人，有时还很愚蠢。这一切是他的错，还是命运的安排，或者是否和他的艺术气质有关？这是典型的俄罗斯式解释。想想奥马尔·沙里夫[1]在电影里的日瓦戈形象，想想他略带悲伤的眼睛，下垂的诗意的小胡子，我们似乎能感受到他身上散发的命运和灵魂的味道。他似乎能满不在乎地说："悲伤是我的名字。这就是我的命运，我的灵魂受了伤。我也不想做那个抛弃自己怀孕的妻子的懦夫，这是命运的安排，我无能为力。"

关于俄罗斯文学中普遍出现的关于命运、灵魂的对话，我有自己的想

1　1965年，由大卫·里恩执导的电影《日瓦戈医生》上映，主人公日瓦戈由埃及男演员奥马尔·沙里夫饰演。

法。俄罗斯人在日常谈话中并不讳言生死，但不会直接就说，"哦，管它呢，反正人人难免一死"。我们必须承认，如果你常常说起命运和灵魂，说明你一直关注着死亡。学习俄语很久前，还没有读过任何俄罗斯文学作品时，俄罗斯文学给我的最初印象之一就是对死亡的关注。我看过《日瓦戈医生》这部电影。我知道尤拉·日瓦戈最初的记忆是他母亲的葬礼。而且没读完《安娜·卡列尼娜》我就知道她会葬身火车车轮之下。对俄罗斯文学稍做了解你就会知道，它们并非人生励志读本，总在提醒你死亡从不遥远。

这并不是说阅读《日瓦戈医生》会让人消沉。事实却恰恰相反。因为帕斯捷尔纳克在小说开篇就坦然地面对死亡，读者会觉得死亡是生命不可分离的一部分。还有，帕斯捷尔纳克的作品有着轻松、流畅、温和的叙事风格。他被视为通过语言改变了俄罗斯小说叙事风格的关键人物。读他的作品犹如在广阔的空间漫步，小说部分章节给人随机写就的感觉。虽然情节是线性的，但作者的思想并未呈线性发展。你有时会把它当作历史书来读，有时会把它当成短篇故事系列来看，常常会忘了这是一部长篇小说。有人讨厌他的风格，而我很喜欢这点。

在传记作家的笔下，帕斯捷尔纳克是一个严肃、体贴、浪漫的人，不像遭受精神危机折磨的托尔斯泰。（帕斯捷尔纳克的名字很可爱，其意思是"马萝卜"[1]，英国作家如果叫"马萝卜先生"，估计得不了诺贝尔文学奖。）他当然有弱点。在帕斯捷尔纳克生命的最后十四年，奥尔加·伊文斯卡娅成了他的秘书兼情人。他俩在《新世界》的办公室相遇时，伊文斯卡娅在那个著名的文学期刊工作，负责接洽新晋作家。她是拉拉的原型。帕斯

1　又叫"辣根"，原产于欧洲，奶油色，纺锤形，常用作辛辣调味料。

捷尔纳克爱她，但拒不离开自己的妻子。伊文斯卡娅在她的回忆录《时间的俘虏：我和帕斯捷尔纳克在一起的日子》中记录了他们共同度过的时光。这是一本关于那个时代的精彩读物，感伤怀旧，但又令人不安。不过书中有很大一部分都在抱怨帕斯捷尔纳克不允许她拥有《日瓦戈医生》的手稿。"你们抱着期望，以为我能准备好带给你们，但原稿不在可怜的我手中！"她写道。

作为写出了至今为止令人难忘的命运小说之一的作家的爱人，伊文斯卡娅把和帕斯捷尔纳克在一起视为自己的命运。她把管理帕斯捷尔纳克遗产看成一份神圣的事业。她也是这位作家生活的见证者。伊文斯卡娅书中精彩之处是，她把人们第一次读《日瓦戈医生》的样子刻画得栩栩如生。我喜欢关于他们和大名鼎鼎、令人生畏的诗人安娜·阿赫玛托娃会面的描写。阿赫玛托娃应邀出席鲍里斯·帕斯捷尔纳克《日瓦戈医生》的朗诵会，她听的时候双眼紧闭，耸着傲慢的鼻子，抬起一边的眉毛，露出一副怀疑世界的样子。伊文斯卡娅写得好像帕斯捷尔纳克一口气朗诵了一整本小说似的。（当然不可能，那得好几十个小时呢。）在伊文斯卡娅的笔下，阿赫玛托娃像女王一样威严地坐着，蜷缩在她"标志性的白披肩"里。等帕斯捷尔纳克朗诵完，阿赫玛托娃表示她非常欣赏帕斯捷尔纳克像演情节剧一样夸张的颤抖。（"他精彩的表情，他颤抖的喉咙，他声音中透露出他正在抑制流出的泪水。"）她不仅仅是在评说作家本人。她赞赏他的小说具有"上乘的"散文风格，并且给出了诗人的最大赞美，说帕斯捷尔纳克的小说有着"诗一般的简洁"。

但是，她发现了一个大缺点。她说为什么日瓦戈是个普通人？阿赫玛托娃对文学"日常性"的问题的反应有些过激。她不喜欢关注日常事件的文学作品。不过,她通常是在谈契诃夫的时候才摆出这一观点,而不是以帕斯捷尔纳克为例。契诃夫作品的奇特之处在于他创作的故事都发生在革命前的俄罗斯,他从不提"政治""意识形态"这样的字眼,好像这些事儿没发生似的。契诃夫笔下革命前的俄罗斯有"洗白了的"《唐顿庄园》[1]的特点,把所有让人不适的政治与社会真理隐藏到了美丽的地毯之下。契诃夫故事里的人物常常过得很痛苦。他们的痛苦和日常生活有关(他们讨厌看窗外的白桦林,他们发现姐妹们的陪伴难以忍受,他们的爱得不到回报)。他们的痛苦不是某些特殊的历史事件所致,也不是因为丢了工作或者没了吃的。

带着这种印象,阿赫玛托娃自然不赞同帕斯捷尔纳克认为日瓦戈是个"普通人"的说法。在她眼里,这太像契诃夫了。她不希望看到帕斯捷尔纳克的主人公接受政治现实,想看到他挑战它。阿赫玛托娃希望日瓦戈是个将自己置于漩涡中心的英雄。她不喜欢看到他犹疑不定,在历史事件的边缘徘徊,不曾为世界变得更为美好做出努力的样子。她建议帕斯捷尔纳克将日瓦戈设定成历史事件的玩物而不是对历史产生影响的人物。她含沙射影地说帕斯捷尔纳克是个临阵脱逃的胆小鬼。帕斯捷尔纳克成为小说家前是一位诗人,但他不明白她所说的"诗学的方法"指的是什么。他没有找到让日瓦戈主宰行动而不是被命运捉弄的方法。

这样评论《日瓦戈医生》很有意思。有一件让我和许多读者,甚至一些评论家很是耿耿于怀的事——小说里每件事似乎都对我们这位好医生

---

1 由英国独立电视台出品的系列电视剧,2010年开播,共播出六季。

有利。一本以命运为主题的小说的主要瑕疵是巧合，这并不令人惊奇，但这里巧合多得有些滑稽。妈妈去世了？好，有个可爱的新家正等着你。孤独，需要妻子的关爱？那就娶一起长大的义姐兼好朋友冬妮娅。对婚姻有些厌倦，在前线做医生感觉孤独？前几次都交错而过的可爱的女护士拉拉出现了。在乌拉尔以外的地方因为燃烧的激情而倍感沮丧和愤怒？别担心，拉拉也在。妻子怀上了第二个孩子，你和拉拉的婚外情被斩断了使你很恼火？别愁！你恰好会被人绑架，你的家人觉得你再无回来的可能；等你回来，你可以和情妇拉拉住在人去楼空的家里。确实，在日瓦戈的生命中，每当命运出手干涉，发生的事情总是遂他的意。但我们不都是这样吗？如果有便利的方法，我们会接受它。我们抓住巧合，把它当成解决问题的办法，由此逃避必须做出的决定，自动改变生活的航向。帕斯捷尔纳克不会因为这些来评判我们，他把我们看作常人。你怎么面对人生？你顺势而行，即使它有可能让你像个坏人。好像他在说："命运和便利有什么区别？"不多。我们多数人顺其自然，不战而降。只有回首往事之时，我们才会想到："哦，是的，那一定是命中注定，命运的安排！"实际上，事情那样发生可能是因为我们道德的不完美或者因为我们懒惰。帕斯捷尔纳克不会给出评判。他只是讲述了生活本真的样子。

重点是《日瓦戈医生》里这么多的巧合是否正常，它是不是真实生活的再现。这里巧合的数量多得惊人。故事开篇，科马罗夫斯基既是日瓦戈父亲的律师，还和日瓦戈未来爱上的女人有关系，这样的情节真的很牵强。当时莫斯科的律师肯定有好几千，这种概率有多大？我猜一定是俄罗斯自身的特点才让我们在其小说中看到了大量的巧合事件。《战争与和平》里也有多到数不清的巧合。你要是托尔斯泰或者帕斯捷尔纳克，想在小说里描写幅员辽阔的俄罗斯，想表现全部的俄罗斯，你得涉及广阔的地理区域，毕竟它是陆地面积最大的国家。无论他们自己是否意识到这一点（有理论认为国家的面积和地理特征不同，人的特点也不尽相同），他们的作品就是这么写的。《战争与和平》里，安德烈在距家几里外疗养时，是谁陪伴在他身旁？当然是娜塔莎。

《日瓦戈医生》中，有个荒诞然而必须发生的巧合，那就是拉拉去了尤里亚金，那儿离日瓦戈妻子冬妮娅的家族产业所在地不远。尤里亚金距莫斯科七百英里。拉拉去哪儿不行呀，可恰恰去了这里。如果日瓦戈这么想，这部小说就不会成为一部好小说："拉拉在这儿纯属偶然。为了维持婚姻，我需要无视她的存在。因为和她相隔不远就和她私通，这么做是软弱且不道德的行为。"

这部小说问我们对那些屈从命运安排的人的道德状况的看法。俄罗斯文学中通常视此为符合人性的表现，并给予理解。这部小说对日瓦戈和拉拉爱情关系的描述特别出色。小说并未将日瓦戈描述成利用不合情理的巧合欺骗自己妻子的角色。确实，拉拉在那儿是因为他俩注定要在一起。人在命运面前是渺小的。命运会让我们脱离困境，故其值得尊重。我们一生都在寻找命定的事物，希望命运指引我们而不是让我们自己去承担所选择的责任。

另外，这部小说也提醒我们，命运并不总是让我们幸福并满足我们的所求。它有时碰巧把莫斯科七百英里外的一个可爱的情妇带到我们身边，但有时候也可能很残忍。《日瓦戈医生》的结局部分，日瓦戈回到了莫斯科,和另外一个女人住在一起。(知道了!不提啦。)冬妮娅去了巴黎。拉拉和科马罗夫斯基下落不明。日瓦戈的日子过得很艰难。他不开心,身体也不太好,最后因心脏病发作而亡。

电影里,还有一个更荒诞的巧合:日瓦戈坐电车回到莫斯科。他在街上看到拉拉,于是想拦住电车让它停下来,可惜不行。因为无法压抑内心的悲伤,他跌跌撞撞地走出火车,倒在大街上,而她从他身边飘然而过,不曾看到他。书的结局更富有象征色彩。心脏病突发之前,日瓦戈从电车里看到了一位女子,那是上了年纪的弗列里女士,她曾经在日瓦戈发现自己爱上拉拉时所在的地方工作过(她烧熨斗)。弗列里女士穿着淡紫色连衣裙,拉拉也穿过淡紫色的连衣裙。这也是帕斯捷尔纳克描述的革命前的俄罗斯的颜色:它代表着纯真、圣洁和理想主义。这是他离开世界之前看到的颜色。"他想到了附近这几个活生生的人,一个挨着一个以不同的速度运动,不知什么时候某一个人的命运就超过了另一个的,也不知哪一个人的生命更长。"

现实生活中发生这样的事情的概率几近于零。但是,现实生活比小说还要荒诞,且有更多的巧合,这正是为什么《日瓦戈医生》这部小说虽然巧合多得荒诞但依然一直是颇受人喜爱的一部小说。我们在人生的旅程中和他人亲密同行,面对命运的力量,常常有深深的无力感。我刚到俄罗斯就意识到了一名自杀的女子有什么含义吗?为什么她当时就死了,而我到现在还在人世?《日瓦戈医生》给出的答案是残酷的,是偶然,是命运,纯属运气而已。你怎么应对它?你只管往前走,不论是做不合时宜的人,还是背叛所爱之人的人,或者逃离责任的人。你只管走。

如何在绝境中保持乐观……

《安魂曲》

Ⅲ

或：探监时别穿太紧的鞋子

《安魂曲》,阿赫玛托娃著, 高莽译, 上海文化出版社, 2018年。

夕阳为某些人映辉，

清风为某些人吹拂——

我们不知道，我们在哪儿都无所谓，

我们只听到厌恶的钥匙声碎，

……

参加玛莎葬礼的那年，我住在圣彼得堡，那时我第一次读到阿赫玛托娃的诗。那年的大半时间，我都过得很开心。但在许多次直面俄罗斯朋友的现实人生的时刻，我需要努力才能让自己乐观起来。我身边的朋友大多数手头都很紧，还吃不饱，即使有工作，也不稳定。你打开他们的冰箱时会发现，里面基本都是空的。朋友们找我借五块钱以便维持到月底的事儿屡见不鲜。（一般都会还。）你帮人忙时需要特别谨慎。首先，你不可能帮助所有人。其次，你要成了债主的话，朋友就没法做了，你们也很难平等相待。总的来说，生活的重担压得他们疲惫不堪。而我时常感觉罪孽深重，彷徨无助。那年年底，我回到了父母在英格兰的家，不知不觉地用牛奶沏了茶。我打开冰箱，看到满满当当的架子，禁不住泪流满面。

读阿赫玛托娃的诗总能让我的心情变好。她不是那种明显能给你带来快乐的诗人。极少有作家能将抒情和法医般的细致结合起来描述不幸。

叶若夫迫害猖獗的年代,我在列宁格勒的监狱外排过十七个月的队。有一次,有个人把我"认出来"。当时,站在我身后的一位嘴唇发青的女人,她当然从来没有听说过我的名字,从我们习以为常的麻木状态中惊醒,趴在我耳边(那里每个人都是小声讲话的)问道:

"您能描写这个场面吗?"

我说:"能。"

当时,像是一丝微笑掠过曾经是她的那张脸庞。

1957年4月1日

列宁格勒[1]

这是阿赫玛托娃系列组诗《安魂曲》的开篇,这些诗作记述了20世纪30年代监狱高墙外等待被捕亲人消息的女性的经历。《安魂曲》写于1935年到1940年之间,这段时间监狱集中营的犯人增长了一倍。1962年,这组诗在诗人不知情也没有授权的情况下在慕尼黑出版。长达十一页的诗篇写下了那些渴望见到心爱之人的女人做出的最坏的打算。这些诗哀叹,不知道被关起来和留下来,哪一种命运更悲惨:

面对这般悲痛,高山也得低头,

大河也得断流,

⋯⋯⋯⋯⋯

---

1 《安魂曲》,上海文化出版社,2018年,第15页。

夕阳为某些人映辉，

清风为某些人吹拂——

我们不知道，我们在哪儿都无所谓，

我们只听到厌恶的钥匙声碎，

…………

我再也分不清

谁是野兽，谁是人，

判处死刑的日子还得

等候多久才能来临。

我们说的可不是笑容灿烂的多丽丝·戴[1]。但是不管怎样，阿赫玛托娃
总是能找到一缕阳光：

而希望，仍然在远方歌唱。

…………

没关系，我早已有所准备。

对此事——我也能够应付。

今天，我有许多事情要做，

必须把记忆彻底泯没，

必须让心灵变成顽石，

必须学会重新生活。

---

1 多丽丝·戴（1922—2019），美国女演员、流行音乐歌手，以灿烂的笑容为观众喜爱。

阿赫玛托娃具有表演天赋，她把每件事儿都当成一场游戏，通过语言游戏，使自己也使我们脱离糟糕的生活。《安魂曲》的序言里，她引用了在监狱外排队的一位女士的问题："您能描写这个场面吗？"那位女士不仅是在问她是否能找到描述当时场景的确切的话语，还在积极邀请阿赫玛托娃写下这个场景。那位女士是在用简单的方式表达这样的想法，"得有人对此做个见证。您是一位作家，您觉得可以胜任这份工作吗？"阿赫玛托娃并未夸大其词，她如实地记述了无时无刻不在的恐惧，那是沉默的时代的声音。当你彻底失去了生活下去的愿望时，当你想放弃时，当你需要一股勇气时，阿赫玛托娃用她优雅的方式给予你鼓舞。她的《安魂曲》说得很好：

忘记那可恨的牢门怎样砰的一声关闭，
一个老妇像受伤的野兽在号泣。
让融化的积雪像滚滚的泪珠
从那不眨动的青铜眼皮下流出。
让狱中的鸽子在远方啼鸣，
让轮船在涅瓦河上悠悠航行。

遗憾的是，在俄罗斯之外，除了学术圈以及对诗歌或者俄罗斯文学特别有兴趣的读者，知道阿赫玛托娃的人并不多。阿赫玛托娃诗歌的现状令人震惊，要知道，她在世之时名气很大。阿赫玛托娃生于1889年，可以说是俄罗斯的弗吉尼亚·伍尔夫。她是斯大林时代非正式的持不同政见者，隐密地在诗歌中记录了于古拉格集中营外排队等候时的恐惧。我不知道英语世界有哪位诗人可以与她在俄罗斯人心目中的地位相媲美，他们对她的爱也是基于她是俄罗斯文学迄今为止最有名的女性作家这个事实。事业受到打压，心灵蒙受折磨，在自己的国家遭到排斥，在这样的环境中，她竟然活到了七十七岁，比她的许多同行活得久，也比斯大林活得久。她从来没有放弃写作，也从来没有放弃关于让自己的诗歌独树一帜的探索。或许，她与众人真正卓然不同的是她从未放弃希望。她可能是有史以来最乐观的人。

据说在 1990 年左右的圣彼得堡，如果你在学俄语，又是女性，那么一定会对阿赫玛托娃感兴趣。如果你还没读过阿赫玛托娃的诗，特别是作为一位女性的话，那么你学俄语很可能学得不够认真。当然，女性身份确实有助于你对她的诗作产生特别的解读。但我对这种思维方式持保留态度，尤其是她那些努力面对人生最大挑战的诗篇。我对强调阿赫玛托娃的性别这件事感到不舒服。比如，同时代的诗人、她亲密的朋友曼德尔施塔姆[1]作品的语气和主题都和她的诗颇为相似，也同样吸引人，但世人对阿赫玛托娃的欣赏中却带着令人不适的恭维。我们把这些都放在一边，任何通向她诗歌的路径都是合适的路径，即使她是一个强势、凛然的角色，即使她的作品一开始有些令人望而生畏。

性别因素在阿赫玛托娃艺术生命中有着很大的作用，她知道自己的任何作品都会被认为代表了"女性经验"。同时，她的创作也因为书写了"太多的女性经验"而受到了批评。她更有理由勇敢地、决绝地继续下去。

1　曼德尔施塔姆（1891—1938），俄罗斯白银时代著名诗人。

她的文字尖刻而明快:

> 不,我不躲在异国的天空下,
> 也不求他人翅膀的保护——
> 那时我和我的人民共命运,
> 和我的不幸的人民在一处。

　　还有其他更好的方式说这些吗?"这些事就发生在我们身上,我亲眼所见,人间犹如地狱。"

　　好像这些负担还不够重,她的许多诗作都是在非常情境里写出来的。她不在官方认可的作家名单上,所以她的作品不能出版。她甚至没法写任何东西,因为克格勃常常搜查她和她朋友们的家。不仅出版叛国材料是非法的,写下它也是罪过。她担心写下的诗被没收,就把它们用"前谷登堡[1]时代的方法"保存。它们成为口述历史的一部分,不是由笔写下来的,而是用口头相传的方式流传的,就像印刷术发明前诗歌的创作方法(诉诸集体记忆)一样。曼德尔施塔姆的妻子娜杰日达记录了对阿赫玛托娃创作时谨慎形象的深刻印象。她见过丈夫读出他所创作的诗歌的场景,他评论说阿赫玛托娃做得比这隐秘多了。"她嘴唇一动不动,不像曼做得那么明显,她创作时双唇紧闭,显出一副悲伤的样子。"

　　1960年代初,阿赫玛托娃透露自己把作品委托给了几个人,她说:"十一个人背下了《安魂曲》,他们中没有人出卖我。"多年以后,一些诗才

1　约翰内斯·谷登堡(约1398—1468),西方活字印刷术的发明人。

被写了下来。阿赫玛托娃很幸运，有利季娅·丘科夫斯卡娅这样的记忆力惊人的朋友。丘科夫斯卡娅记得和阿赫玛托娃这么工作："正聊着天，她突然沉默了下来，眼睛看看天花板和墙，拿起一片纸和铅笔。"阿赫玛托娃会说些什么故意让那些在公寓窃听的审查者听。常用的两个办法是问"您喝茶吗"或者说"您晒黑了"，然后她会写下几行诗，递给丘科夫斯卡娅去背下来。（我想都不敢想这个可怜的读者承受的压力。）丘科夫斯卡娅背下来后，将纸片递回给阿赫玛托娃，大声说："今年秋天来得真早。"同时，阿赫玛托娃把纸片放进烟灰缸里烧掉。我无法想象，阿赫玛托娃在这种情形下坚持写诗到底是怎么想的。显然，她把"体面地活着"视为最重要的事，拒绝任何方式的妥协。

尽管如此，阿赫玛托娃还是由于自己的女性身份被认为是无足轻重的作家。（一想到这个，我就想把托尔斯泰从坟墓里召唤出来，朝那些贬低阿赫玛托娃的人扔鸡蛋。他肯定愿意，我们都知道只要和鸡蛋有关的事儿，他都愿意干。）想想她最伟大的诗篇《安魂曲》的创作缘起，会觉得这么做更加侮辱人：这是斯大林时期大清洗后，有关那些在监狱大门外眼巴巴地等候亲人消息的女性痛苦灵魂的记录：

我看见了，听见了，感觉到了你们：
她，半死不活地被拖向窗口，
还有她，已不能在故乡的土地上行走，
还有她，把美丽的头颅摆了一下，
说了一句："我来这里，如同回家！"

···········

千万人用我苦难的嘴在呐喊狂呼，

如果我的嘴一旦被人堵住，

希望到了埋葬我的那一天，

她们也能把我这个人怀念。

将阿赫玛托娃的作品仅仅描述成"女人写给女人的诗"（常常如此）无疑完全会错了重点：她写这些诗是为了让这份集体经历不被忘却。

但是，即使已经到了1990年代中期，我在俄罗斯时发现人们对女性的尊重还保留了简·奥斯丁[1]所在时代的习惯。比如，男女在同一场合时，男性亲吻女性的手，帮女性拉出椅子、点烟、倒酒等。1997年，圣彼得堡制作了一个纪录片，拍摄对象是同一天过四十岁生日的一群男子，在其中一个人的生日聚会上，有位男士口齿不清地讨好他的女性朋友说："要不要我给你切条更细的小黄瓜？"人们如果在喝酒，第一轮祝愿一定是给主持宴会的人，然后是给"可爱的女士们"。聚会时，有条不成文的规定说"女士都爱甜食"，每个"专属女士"的社交场合都备有让人眼花缭乱的蛋糕和巧克力。因为女士都爱吃甜食呀！女士们一定都喜欢另一位女士作的诗！这是苏联时期及稍后时代的人们爱读阿赫玛托娃作品的背景。

当然，这都是无稽之谈。阿赫玛托娃一个人的胆量不比亨特·汤普森、诺曼·梅勒和欧内斯特·海明威[2]加起来的少。我想起她和克格勃斗智

1　简·奥斯丁（1775—1817），英国小说家，代表作有《傲慢与偏见》《理智与情感》等。
2　均为美国作家。

斗勇的故事，她认真选择可信赖的朋友，让他们背下诗作，写到纸片上几分钟后就烧了，只为避免因为写诗而造成无辜的牺牲……想到这些我想尖叫，喊出心中的压抑，或者挥着一把武士刀四处乱砍一通。那是女性特征的最高表现吗？我不以为然。那是最英勇的人类行为，和性别无关。那是写给每一个为了亲人坚持去监狱外等待的人的，他们坚持去那个"伫立了三百个钟点的地方"。"当时门闩紧锁，不肯为我开放。"

欣赏阿赫玛托娃的人都知道，理解了她等于深刻理解了苏联时期生活的艰难。《安魂曲》旋律优美，感情浓烈。我对任何形式的翻译工作都很谨慎，即使和许多俄语诗歌相比，阿赫玛托娃诗歌的译文也同样出色，读的时候并没有另一种语言带来的疏离感。十月革命前，阿赫玛托娃诗歌的主题通常是关于爱、激情、性和背叛的。十月革命后，她没有多少选择，只能写俄罗斯的过去、未来、苏联时期日常生活的困难，以及她最有名的话题——她在监狱大门外等待亲人消息时的生活。阿赫玛托娃运用清晰、鲜明的形象，辅以声音、光线和感情，并将《圣经》故事和对话片段融于一体。你用英语读她的诗，不一定能体会其特有的韵律和节奏，但同样能看到一幅生动的画面，感受到她的影响力。我读她诗歌的英译本读得很开心。虽然英译本和原著带来的感觉不同，但韵味却丝毫不减。

阿赫玛托娃是否可以作为女性文学的杰出代表，这个问题十分棘手。但想想她糟糕透顶的生活，神话她的做法也值得商榷。第一任丈夫被秘密警察处死，她儿子及她未与之举行结婚仪式的第二任丈夫在古拉格历经了多年劳改。尽管她未被逮捕，也未被投入监狱，但长期生活在给至亲至近之人带来痛苦的压力中。对她的监视也从未中断过，斯大林对她特别感兴趣。

尽管如此，她的做派还是很时尚，甚至时尚到了好笑且令人难以置信的地步。不指出这一点，她的形象就不够完整。虽然她的衣服破破烂烂，但她的穿衣风格和布鲁姆斯伯里文化圈[1]的颇为相似，她甚至连长相都酷似弗吉尼亚·伍尔夫（哪里都像）。她身上具有贵族气质。她的使命是捕捉苏联生活中无法言说的、潜意识的分裂。阿赫玛托娃是"两个俄罗斯"的代言人："集中营的人们和把他们投入集中营的人们。"这是她和她的朋友利季娅·丘科夫斯卡娅说的话，这是对当时社会恰当的描述。她的诗作反映了20世纪的俄罗斯存在的二元对立：支持制度的人们和内心抗拒制度的人们，希望变革的人们和惧怕变革的人们，公共面前的面孔和私下的面孔。

其实，即使是在斯大林时代之前的时代，阿赫玛托娃过得也不容易。她早期的成名作给人留下了她是一个西方资产阶级的亲沙皇的叛徒的印象。然而，她并没有离开俄罗斯的想法。她被驱逐出苏维埃作家联盟，这意味着她失去了收入来源，成了无名之辈。很长一段时间，她不知道写什么，没有作诗的灵感。"我的名字从活人名单上被划掉了……在接受了那些年的经历——恐惧、疲倦、空虚和与世隔绝之后，1936年，我又开始了写作，我的风格变了，我的声音不再和以前一样。"《安魂曲》在这段时间开始浮出水面，这组诗歌为一直作为抒情诗人的阿赫玛托娃和时势造成的政治诗人身份之间架起了桥梁。"我再也回不到最初的风格。哪个更好，哪个更糟……我没法评判。"《安魂曲》终于出版之时，西方评论界认

1　20世纪初英国的一个精英知识分子团体，弗吉尼亚·伍尔夫是其代表人物之一。

为这部诗集和她过去的作品反差太大，足以证明她创作的黄金时代已经不再。她讨厌这种论调。他们不知道，对她来讲，继续写诗有多艰难。

她成了一个现实的人，这实在是无奈之举。她不想跟人打交道时，确实是像"女高音歌手"一样高傲。但是苏联时期的现实迫使她放下架子，面对世俗人生。1939年，打听到自己的独生子列夫被遣送到了北方的劳改营，她给他募集厚衣服："……这个人送来一顶帽子，那个人拿来一条围巾，另一个人给了一双手套。"（即使她有钱，商店里也没有货。）第二天，她在监狱外排队送包裹时冻得太久，结果脚肿得几乎走不了路。也有说她把自己的鞋脱下，赤脚走过监狱大院的。这次会面之后，她写了《安魂曲》中的第八首诗《致死神》，她请死亡来到她身边："反正你要来——为什么不是现在？"

尽管阿赫玛托娃的作品有着阴郁的主题，尽管她经历了骇人听闻的个人悲剧，但不知何故，她找到了某种脆弱但可持续的乐观。这是一种安静的内在信念，它有助于维护你心灵的完整，"外面的世界尽管如其所是，但在我心灵深处，有一部分永远不会被摧毁"。她的外表和作品中流露出的优雅的魅力体现了这种信念。乐观需要自制，能约束自己的思想是乐观之始。就在几天前，我刚刚和一个结束了一段感情的朋友谈起，深入挖掘、寻找乐观之所在才是正确的举措。我猜她想暴打我一顿。不幸的是，我的话有其道理：当我们的情绪坠入低谷、感觉人生失控之时，我们需要从当前状况中寻找优点，无论这需要多少想象力才能做到，我们都不妨一试。我们会找回自制。

阿赫玛托娃高傲地挺了过来，她是那么英勇。她机智风趣，魅力非凡。

或许最爱和阿赫玛托娃开玩笑的是诗人曼德尔施塔姆，他们相识多年。曼德尔施塔姆的遗孀娜杰日达在她精彩的回忆录《没有希望的希望》中写道，阿赫玛托娃常常去他们的公寓，为了让客人感觉到他们特别的招待，他俩用一块防水油布盖住炉子，这样就有了一个带桌布的桌子。有一次，阿赫玛托娃来访，曼德尔施塔姆出门去邻居家"化缘"，好弄些东西给她做晚饭。他拿着一个鸡蛋回来了。后来，秘密警察进来搜手稿时，那个孤单的鸡蛋还待在那张临时的桌子上。（幸亏托尔斯泰不在现场。）"你吃。"阿赫玛托娃的声音中听不出一丝感情。还有一次，曼德尔施塔姆在火车站接她，她的火车晚点好久。曼德尔施塔姆不无戏谑地说："您是和安娜·卡列尼娜坐同一趟火车来的吧。"她的车迟得像从19世纪开过来的。

1930年以后，阿赫玛托娃被"允许"继续在外面活着，而她身边的亲戚朋友，要么被送去了劳改营，要么被执行死刑。曼德尔施塔姆写了一首极其危险的诗，他在诗里直接指涉了斯大林。后来这首诗被称作"十六行死亡判决书"。阿赫玛托娃应该听说过这首诗。曼德尔施塔姆像自找灾祸似的，他这么写："这个国度，只有诗会受到尊重——因为诗，人们被夺去了生命。世界上没有其他任何地方的人们为诗丧命。"这么说吧，一位作家可能因为其作品丧命，无论其作品是否直指斯大林。当局想做什么就做什么，随心所欲，不可预测。但是当曼德尔施塔姆给帕斯捷尔纳克朗诵这些危险的诗行时，《日瓦戈医生》的作者说："你读的……不是诗，而是在自杀。你没读给我听，我什么都没听到。请你以后不要再读给任何人听了。"可能这首诗就是曼德尔施塔姆和阿赫玛托娃当时的丈夫普宁及她儿子列夫·古米廖夫被捕的原因，这也和阿赫玛托娃在《安魂曲》中所写的经历间接地扯上了关系。最初对曼德尔施塔姆的判决是"关起来但留着性命"。但在自己的寓所中被捕后不久，他离开了人世。

这段时间曼德尔施塔姆一定承受了非同寻常的压力。阿赫玛托娃脾气暴躁，不能默然承受被愚弄的生活。娜杰日达记录了这段不断有秘密警察过来抓人的日子："阿赫玛托娃不允许问这些问题，'为什么逮捕他？''为什么？'"每当有朋友受当时的气氛感染问起这个问题时，阿赫玛托娃就会激动地喊叫起来，"这么问有什么用？为什么？是时候明白人们毫无来由地就被带走了！"

即使把眼看亲人朋友被捕造成的心理影响先放一边（基本是她在场的情况下被捕），也难以想象在常年的监视下，阿赫玛托娃竟然没有发疯。1990年代，涉及阿赫玛托娃的克格勃档案公布，内容有九百多页，详细记录了她和亲戚朋友往来的窃听电话录音、其他人的谴责和忏悔。阿赫玛托娃一度和娜杰日达住在塔什干，她俩回到住所后发现许多物件被翻乱了，猜到有人来搜查过。有次娜杰日达发现挨着镜子的桌子上多出来一管口红，镜子不知被谁从另一个房间移了出来。她得意扬扬地说她一看就知道口红不是自己的，也不是阿赫玛托娃的，因为"色调艳俗，让人恶心"。娜杰日达讲述可怕的往事时，讲得那么生动，那么有趣，她说在斯大林上台执政之前，一切还没变糟之时，阿赫玛托娃品味清淡。

和布尔加科夫、帕斯捷尔纳克一样，阿赫玛托娃从未和斯大林有直接的接触，也没有任何电话联系，和斯大林只能勉强扯得上关系。斯大林知道她的存在，让她受罪就是他的工作。有一次，情况特别糟，她跑去向布尔加科夫求助，因为知道他曾经给斯大林写过一封信，结果还达到了目的。（这可能是唯一一个给斯大林写信，结果竟然让人满意的例子。一般来说，给斯大林写信，运气好的话，会显得人很蠢、白白浪费时间；糟的话，可能会引火烧身。）布尔加科夫的妻子叶莲娜·谢尔盖耶夫娜在其日记里记下了这件往事："那是个白天，门铃响了，我去开门，竟然是阿赫玛托娃，她脸色吓人，瘦得可怕，我都没认出她来，米沙（布尔加科夫）也没有。后来知道，就在头一天晚上，她丈夫和儿子都被逮捕了。她来是想让米沙给约瑟夫·维萨里奥诺维奇（斯大林）送一封信。很明显她意识混乱，在那里自言自语。"

当然，是工作让阿赫玛托娃撑了下去。她创作诗歌的环境荒诞、压抑得令人难以置信，但是她将高傲和高雅坚持到底了。（1966年，她临终之际，身材臃肿。据说是饮酒不加节制所致。我觉得我们没有权利苛责她。正常生活的话，也许她早就撑不下去了。）我有时甚至在想，对于这出戏剧性的人生，她是不是一半是厌恶，一半是享受。根据戏剧评论家维塔利·维连金的描述，尽管磨难重重，阿赫玛托娃却从未失去她的魅力。他记录了1938年的一次朗诵会："起初我猜她会穿上高雅的衣服。我本以为她会穿一件适合这个场合的长款礼服，结果她出现时，穿着一袭绣着白龙的黑色丝绸长裙，有些地方已经破旧不堪了。"还有一次，她穿了一件接缝肩到膝叉开的黑色睡衣。在我看来，她像《日落大道》里的诺玛·戴斯蒙德[1]——尽管诺玛内心深处知道时代已然前行，自己已经过气，却时刻准备着拍特写，不甘心离开聚光灯的照耀。回到1915年，她患肺结核的时期，她写道："每天早晨，我起床，穿上丝绸浴袍，再回到床上。"她从未放

---

1 《日落大道》于1950年在美国上映，诺玛·戴斯蒙德为片中女主角。

弃过做自己，也一直因此感谢上帝。

青年时代，她是十月革命前俄国白银时代的著名诗人，穿着黑色衣服、戴着黑玛瑙项链，是夜总会之母及"流浪狗"文学咖啡馆的中心人物。伊莱恩·范斯坦[1]为阿赫玛托娃写了一部出色的传记，说"阿赫玛托娃喜欢冰镇的夏步利白葡萄酒"。阿赫玛托娃在她的诗歌里赞美也诅咒了自己和同时代诗人古米廖夫的"开放婚姻"。她写自己"穿着紧身裙，显得身材修长"，晚上在"流浪狗"和一群基本都互相发生过关系的人混在一起，当细节大白于天下，还有人时不时地闹自杀。（这里面确有几人在1917年前以戏剧般的、诗意的方式了结了自己的人生。）

她写爱情、性（通常用"亲密"一词）、背叛、通奸，写身为情妇和为人所弃的心情。对她来说，这是可以写出伟大诗篇的题材，也是中产阶级的（如果不是贵族阶级的）、波希米亚人的、知识分子的、在不同时期的多多少少充满铜臭味道的题材。这和她之后在经济、政治状况窘迫的情形下创作的作品截然不同，她在危难之时找到了自己的风格。年轻时，至少在某方面她觉得自己是欧洲人（她说法语）。但后来她做出了选择，被她同时代的传奇女诗人茨维塔耶娃[2]称为"俄罗斯人的安娜"。

所有关于她的作品都把她描述成一个有意远离政治、只关心人生的浪漫又悲惨的人。她的世界情感充沛，却被政治强加了冰冷的理性和逻辑。想象一下，像阿赫玛托娃这样的人是不可能喜欢历史见证人的角色的。她宁愿写一首十四行诗歌颂黑色紧身裙，因为它让她看起来比实际

---

1 伊莱恩·范斯坦（1930—2019），英国诗人、小说家、传记作家。

2 茨维塔耶娃（1892—1941），俄国白银时代诗人、作家。

上的苗条得多。但是苏联的气氛让有意疏远政治的人也严肃了起来，人们无奈地生活在生死边缘。颇具反讽意味的是，疏远政治也是一种政治行为。

我打开阿赫玛托娃的诗集的方式颇为得当，是一位颇具女性气质的温柔的朋友率先把阿赫玛托娃介绍给了我。我在俄罗斯的学习生涯进行到一半时，认识了一个叫"坦尼娅"的护士。她话不多，人很冷静，长得有些像扮演《日瓦戈医生》（1965年版）里拉拉的演员朱莉·克里斯蒂。她说话轻言细语，害羞，对喝酒没什么兴趣（和常常同我泡在一起的那群朋友不一样），并且对我的外国身份也不介意。简而言之，她是一缕清新的空气，像个真正的朋友。我喜欢她的真诚、善良和无私。因为她的职业，我们的友谊给我带来了方便。我们认识后不久，我得了痢疾。虽然这和送你爱的人去古拉格的恐怖级别不一样，但也是很可怕的病。我在当时一家印度餐馆用餐后染上了这病，要是没记错，那是圣彼得堡唯一一家印度餐馆。我的一个当地朋友带了一点儿玩笑的口吻，严肃地说："这是你在资产阶级餐馆吃饭的代价。"坦尼娅照顾我，使我恢复了健康，这让我感觉和她很亲近（她还不怎么认识我，没人强迫她这么做），谈诗歌的时候听听她的观点也很有趣。她是让我对阿赫玛托娃上瘾的"入门毒品"。她很爱阿赫玛托娃的诗，我则像小狗一样，紧紧地跟随她的脚步。

要是你得了痢疾，坦尼娅照顾你最合适了。她有行医资格，了解好几种治疗药物。她亲自来照顾我，坚持让我吞下一袋袋黑色的粉末，我后来才意识到它们很像碾碎的炭。我以前不知道中世纪有用炭来治疗胃病的疗法，那是实践中得来的经验，或者说是一顿顿咽下炭粉末而得来的智慧。

她给我读阿赫玛托娃的诗，在我身体上"表演"奇怪的仪式（穿着衣服呢），她的手在我身上游走，好像感知到了一种存在。她闭上眼睛，口中念念有词，然后弹走了什么"恶魔"。我觉得很古怪，但不想怀疑她的权威。我想假装是个俄罗斯人，而不是一个有着一颗玻璃心的怯懦的外国人。事实上，当时的我还未察觉，她那时是在将我转变成一个以炭为生的人。因此，我向她也为我自己证明了一切都很正常。后来，我发现她的疗法和好莱坞热衷的灵气疗法[1]有异曲同工之妙。因此，坦尼娅是领先于那个时代的。经过一个星期剧烈的疼痛和煎熬，大量的炭粉直接进入我的身体后，我终于痊愈了。不过那是在我为使用抗生素向一位美国医生支付了一百五十美元现金后。

之后，我发现，坦尼娅和其他人参加诗歌之夜时会带着浓烈的感情用戏剧般的方式背诵阿赫玛托娃的诗。这可能是我见过的最能代表俄罗斯的活动。我当时喜欢戏剧，野心勃勃，越来越觉得灵魂深处的自己是个俄罗斯人。我决定加入坦尼娅的团体，请她教我读阿赫玛托娃的诗。读阿赫玛托娃的诗就像用冰冷的水泼自己的脸一样，记下她的诗并在一屋子的崇拜者中背诵，就像在奔腾的瀑布下裸舞。

许多个漫长的下午，我在坦尼娅的寓所里双唇搓圆练习元音，希望在朗诵时，自己的俄语能说得和俄罗斯人的一样地道，一样情感充沛。坦尼娅郑重地点点头，碰到我结结巴巴吐词时偶尔会"啧啧"几下。我猜她的感觉和我听1980年代由英国广播公司（BBC）拍摄的电视连续剧《法国

1　通过触摸向人体输送能量。

小馆儿》[1]里的警察说莎士比亚时的一样。（尽管他的法语说得很糟糕，但这个警察喜欢装作法国人，"早上好。我刚刚在你们门口尿了一泡……"）我明白我模仿她读阿赫玛托娃的抒情诗句时读得十分拙劣，但我们都坚持了下来。我们在坦尼娅的寓所排练时，她五岁的儿子独自坐在角落里玩玩具火车。她儿子知道我是从英格兰来的，每次我离开她家半个小时后，都担心地说："我猜她现在一定已经飞到我们头顶上了。"在他的想象中，我每次去他家都是乘一架飞机过去的，回去的时候也坐着飞机回去。其实我的住所离他家只有四站地铁的距离。

阿赫玛托娃的诗简单易懂，即使像我这样的白痴外国人也能很轻松地背下她的诗。最大的困难是大声朗诵时要把俄语读地道，不能冒犯阿赫玛托娃留下的珍贵遗产。我和坦尼娅第一次公开朗诵她的诗时，我已经练习好几个月了，已经能够忘却所有的英国或法国警察，并用十分地道的俄罗斯风格朗诵。坦尼娅最后亲了亲我，"你成功了"。我们举杯庆祝。不是"致可爱的女士们"，而是"致阿赫玛托娃"。我希望她会觉得骄傲。许多有关阿赫玛托娃的故事都说到，在别人都喝红酒的时候，她要一杯伏特加。利季娅·丘科夫斯卡娅写道："她总是要伏特加，总是喝两三杯，这是她喜欢的祝酒方式，'干杯，祝我们以后有机会再坐在一起，祝我们能再次相遇'。"明白我的意思了吧？这就是适度的乐观主义。

---

1 《法国小馆儿》是BBC拍摄的一部著名的电视喜剧系列片。讲述的是二战期间，在纳粹德国占领下的法国一个小村庄的一家小咖啡馆的故事。

IV

如何从暗恋中幸存……

《村居一月》

或：朋友妻，不可戏

"任何一种爱，无论幸福还是不幸，如果你彻底失去了自我，都是一场真正的灾难。"

在我生命中的某个关键时刻，我发现了屠格涅夫。这和青春期迷恋《安娜·卡列尼娜》，认定学俄语是命中注定的那个我相比，进步不大。没有什么悬念，痴迷于俄语的我和明明知道不合适但对说俄语的人一片痴情的我没什么区别。这份情结在我到国外求学，与一位叫"波格丹·波格丹诺维奇"的人交往时，达到了高潮。波格丹·波格丹诺维奇的意思是"上帝的礼物·上帝的礼物的儿子"。从某种程度上来说，人如其名。

曾经，我对他的迷恋一如安娜·卡列尼娜对伏伦斯基，但是他对我的感觉就像列文对那些浑身洒着醋味儿香水的女士的一样。这时候读屠格涅夫特别应景。没有作家写单相思比他写得更好。现实生活中的单相思由安静、缓慢和令人尴尬的屈辱时刻组成。然而，有什么比爱上一个不爱你的人更加屈辱的呢？讲述这种自己找来的令人尴尬的脸红之事，恐怕没人比屠格涅夫——可以说俄语作家中最有英国味儿的——更擅长的了。《村居一月》讲了一个爱上自己好朋友妻子的男人的故事。我从未垂涎过任何人的丈夫，但爱过一个注定不属于我的人。

1994年8月，我二十一岁，在紧邻黑海的乌克兰敖德萨消夏。那是我国外游学之旅的最后几个月。关于那个夏天，我只记得抽劲儿很大的烟、吃黑面包、喝茶、吃果酱和接受星期六晚上低声发出的邀请，其他的事物在记忆里是一片模糊："就一点威士忌(非法自酿酒)。""好，给你，五十克。"我靠喝蒸馏酒打发了许多时光，我吃猪油，恋爱。波格丹·波格丹诺维奇是一支摇滚乐队的首席吉他手。他们乐队弹唱英文歌，英文唱得很糟糕，像什么"我没有醉，只是他……"。[1]我是他的粉丝，他是我的世界。我们一起去他的演奏会现场，我们一起去看别人的演奏会现场，我们到哪儿都在一起。我们亲吻，我们欢笑，我们一起吃猪油。猪油是乌克兰人的美食，我吃惯了大块的面包加大片的厚猪油。天堂般的生活有一个问题：我醉过很多次，但从来没醉到不知道"上帝的礼物·上帝的礼物的儿子"先生爱我不像我爱他那么多。

我的内心，弥漫着怀乡病；内心更深处，我知道自己深陷感情的泥坑，如同必须在两个世界间做出选择一样。越接近九月，我越不想回家；醉得越深，我越爱他；醉得越深，我越觉得自己是俄罗斯人；醉得越深，我越觉得待下去便是幸福……我对那个不适合我也无法给我爱的回报的人爱得越深。那是一种可怕的感情，明知道你渴望着不该渴望的东西，明知道这对你毫无好处，但你还是想要得到它。

安娜·卡列尼娜的状况对解决我的问题没有多大作用。她和伏伦斯基之间问题重重，但感情不平衡不是他们的问题。幸运的是，正当抱着字典奋力攻读托尔斯泰时，我读到了屠格涅夫的剧本《村居一月》的译文。这是一个关于单相思者的既残酷又滑稽的警示故事。屠格涅夫在其六十五

---

1 美国20世纪70年代的一首流行歌曲。

年的生命中经历了这种不幸。屠格涅夫从1840年代到1883年抵达生命的终点时，一直爱慕已婚的法国著名歌唱家波林娜·维阿尔多。他们俩关系的性质引起了热议。在我看来这是单相思在历史上的极端例证。当然，她对他也有点儿感情，但他是两人关系中弱势的一方。屠格涅夫借不幸的人物拉其汀表达了自己复杂的感情。

没有哪个人物比忧伤、逆来顺受、自怜自艾到可笑地步的拉其汀更适合体现屠格涅夫无望的期盼了。想象他可爱的脸庞时，你很容易想起拉尔夫·费因斯[1]满怀愧疚时温顺的样子。（拉尔夫·费因斯在2014年俄语版的电影中扮演拉其汀。他竭尽所能地演好这个人物，甚至为了演这个角色学了三个月俄语。不过，他们应该找个本土演员配音，因为俄罗斯的观众听不懂费因斯说的俄语。）在这部电影里，拉其汀三十多岁，是"家庭的朋友"。你会好奇屠格涅夫是不是给自己开了个小小的玩笑，因为他解释自己和维阿尔多的关系时，说得最多的是"家庭的朋友"。我现在听到"家庭的朋友"这个词就情不自禁地认为这位朋友企图悄悄地和家里哪个成员发展一段婚外情。这本来是个描述绝对纯洁的关系的常用词语，可是我现在一听到它就不由自主地在心里说，"噢，鬼才信哪。一定有什么不可告人的事儿。'家庭朋友'？哼！"

拉其汀是个极其不幸的情人，他深信没人爱一个人，会像他爱那个永远不会爱上他的女人一样那么深："任何一种爱，无论幸福还是不幸，如果你彻底失去了自我，那都是一场真正的灾难。"不管怎么说，他向这种灾难屈服了。

---

1 英国当代男演员。

这部五幕喜剧发生在依思拉叶夫家的乡间宅第里。三十六岁的阿尔卡蒂·依思拉叶夫是个富有的地主。他妻子娜达里耶二十九岁。是的，屠格涅夫列出了人物的确切年龄。在俄语戏剧中，给出剧中主要人物的确切年龄的情况颇为常见（契诃夫也喜欢这么做），但像屠格涅夫一样给出所有人物的年龄的则并不多见。这给人他要强调这一点的印象。他想借此凸显年龄差距和代际之间的冲突。

这是场两个老朋友（依思拉叶夫和拉其汀）和依思拉叶夫的妻子娜达里耶的三角爱情带来的悲剧。娜达里耶对她的丈夫很是冷淡，对拉其汀也不感兴趣，虽然有时也撩拨下拉其汀，但那只是因为他比她嫁的男人多了那么一点儿趣味。痛苦不可能只装在一个袋子里。这两个朋友为不能回报他深情的伊人甚是憔悴，那干吗不让一个颇富魅力的新老师来摆平这事？新老师阿列克谢·白略叶夫出现在这个庄园，是来教依思拉叶夫家十岁的儿子柯略的。当然，娜达里耶会爱上他，而他对她没有兴趣。或许他也爱她？这是喜剧的张力所在。自然，娜达里耶需要一个情敌，那便是她十七岁的养女（薇拉）。薇拉是个孤儿，现在到了适婚年龄，他们的邻居——家庭医生西丕格尔斯基（四十岁）的朋友玻里兴佐夫（四十八岁）即将向她求婚。（屠格涅夫在人物表里给出了每个角色的年龄。对选角导演来说，这既让人厌烦，又确实有帮助。）

后面有更多单相思的故事搅和了进来，以至于最后，收获不到爱情回报的人们轮番叹息得没完没了。依思拉叶夫和拉其汀都爱娜达里耶，但她不爱他们；娜达里耶和薇拉爱白略叶夫，他很可能对她俩都没兴趣；玻里兴佐夫喜欢薇拉，薇拉却无动于衷。连仆人们也不例外，这是典型的莎士比亚风格:来自德国的家庭教师钟情使女卡且,而她对他实在没有任何感觉。

读这部剧对我帮助很大,因为它让我看清了自己荒诞的处境。你疯狂地爱上一个人,但他只是觉得你还可以接受,要是这人貌似和你开始了一段感情(和上帝的礼物·上帝的礼物的儿子一样),但你能明显地看出他的不情愿,这种感觉更糟。直接拒绝都比勉强接受仁慈得多。我知道,和几乎被迫和我开始这段感情的完美男友结束关系是早晚都会发生的一场悲剧。在内心深处的某个地方,我觉得这件事很可笑。我俩谁更可笑难以判断:是我?爱上一个心目中几乎没有我的人?或者是他?浪费时间和一个不是他真爱的、经常穿着北爱尔兰祖母手织的松松垮垮的阿伦式样(有凸起的菱形图案)毛衣的英国女孩儿谈恋爱。我这么穿是因为觉得这样让我看起来像黛比·哈利[1]。(实际上,这让我看起来像个堕落的女人。你可以看到这就是为什么我没让上帝的礼物·上帝的礼物的儿子对我燃起爱意。)

屠格涅夫将恐怖和喜剧融在一起的能力无人可及。《村居一月》颇有莎士比亚的味道,剧中人无一遂心如愿,都忙不迭地跑到白桦林里去哀叹自己的命运。他们中的核心人物是拉其汀。屠格涅夫承认这个人身上有他本人的影子。拉其汀的外形是什么样的,屠格涅夫交代得很少,但是你可以想象他巴儿狗一样圆圆的眼睛紧随着娜达里耶转,像一个中了爱情迷药的青少年。(如果他穿上松松垮垮的阿伦式样的毛衣,就是我了。)在剧中多数关于他的场景,他都和娜达里耶在一起,因此我们看见他时,他

1　美国歌手、演员。

基本就是这个状态，好像没法以其他方式存在一样。单恋相思病患者就是他的身份。那些娜达里耶不出现的场景里，拉其汀言行举止都像一个理性的正常人。这是屠格涅夫给自己开的玩笑：他明白爱情，特别是单相思的爱情，它使我们都成了傻瓜。作为"傻瓜们"中的一个资深成员，他了解我们的感受。

读这部剧，我意识到拉其汀的单相思过于极端，是警醒我们不要陷入这种凄惨境遇的最佳案例。"等着吧！"拉其汀在这部剧的最后一场对他的情敌白略叶夫说，"您会知道，做女人的裙带是什么意思，做奴隶、听使唤是什么意思，做这样的奴隶是多丢脸和痛苦哇！……最后您会知道，这样无聊的东西是花了这么大的代价买来的……"当然，谨记这是一出喜剧。人们可能对拉其汀的境遇付诸一笑，但里面也有感伤的成分。这是屠格涅夫的真实心意吗？这是他爱上维阿尔多后的人生体验吗？如果他创作这个人物是为了调侃自己，或者劝说自己要有所改变，那他失败了。他写这部剧时，才和维阿尔多认识没几年。他还要和她纠缠三十年呢！

屠格涅夫的遭遇也好，拉其汀的故事也罢，读者都知道那是怎么回事。一股神秘的力量把他们绑到了女人的裙带上。不，是他们自己绑的绳子。他们心甘情愿。想到这些，我羞得满脸通红。我也喜欢那种爱上一个人却没有回报的感觉。这很安全。我知道自己所在何方，没有令人不开心的惊喜发生。这正是那些你觉得作者可以看穿你的心灵的时刻。你那个愚不可及、自我贬低、穿着阿伦式的羊毛衫的灵魂。

屠格涅夫最让人吃惊的一点可能是他竟然做了那么久的傻瓜。他一定也很享受这种感觉。实际上这是他的身份，在和一个没有以爱来回报他，不打算离开丈夫的女人的关系中，他获得了某种程度的控制。或许，他喜欢这种可以预测结局的感觉。这是单相思可圈可点的地方（我很清楚这个结论也适用于我）：理论上来说，这会伤害你，但也能使你免受伤害。两个人彼此相爱，是有希望破灭或者失望的可能的，而且还有被拒绝的风险。但对于单相思的爱情，这都不是什么问题：在一切还没开始之前，你已经被拒绝过了。单相思的爱恋，一旦由被爱者发现，单相思者都会表现出主动受虐的倾向。这可能也体现了其对亲密关系的恐惧。如果你不怕亲密，干吗不爱一个可能爱上你的人？这比疯狂地爱上一个与你没有任何结果的人更容易。

很久以后，我才意识到自己并无同情屠格涅夫的必要，也不必替他难过。虽然他对一个和他分分合合却不肯为他放弃自己原有的生活的女人痴迷了一生，但这并没有打消他忙不迭地结交其他女人的念头。这些女人的数目可真不少。正如亚尔莫林斯基在他为屠格涅夫所作的传记中写的："屠格涅夫认为'当纸页被一起风流韵事所温暖时，他写得更好'。"据传，亚尔莫林斯基还说："作家应该接近每一个可能做他情妇的女人，多样化，而不是满足，才是天才真正需要的。"（这是亚尔莫林斯基说的话，不是屠格涅夫说的，但屠格涅夫应该不会反对。屠格涅夫对维阿尔多的爱恋没妨碍他和另外一位女人生过至少一个孩子。）可能我就错在这儿。我也可以一边爱着上帝的礼物·上帝的礼物的儿子，因为无爱而倍感苦楚，而另一边还有一大帮男朋友。我从来没想过多样化能解决问题，反而觉得那样会使结果更糟，这可能是我做不了剧作家的原因。

我对屠格涅夫了解得越多，发现越喜欢作家本人（先不管他的花花公子形象，我想这对19世纪的贵族作家来说是十分正常的事儿）。波林娜·维阿尔多从来没给过这位作家想要的爱情，他的作品也没有得到足够的爱慕。《村居一月》的读者反映往好里说也就是不冷不热。大导演斯坦尼斯拉夫斯基[1]自己出演过拉其汀，事后却说这部剧"无聊透顶、不适合舞台演出"。这话有多伤人？你自己把这部剧搬上舞台，并演了主角，但还是觉得这部剧糟透了。这就是屠格涅夫一生的命运：他的才华没有得到足够的欣赏。

但是，也有人认可他的作品，不吝赞美他的才华，而且这认可是他还在世时就得到的。屠格涅夫传记的作者、其作品的译者罗莎蒙德·巴特利特指出，有一段时间，屠格涅夫作为唯一一位伟大的俄国作家而名声在外。1880年代，屠格涅夫及其作品译本的名气甚至超过了托尔斯泰的。巴特利特引用英国文学期刊——《星期六评论》于1905年发表的说法："曾经有一次，我们同一个特别喜欢屠格涅夫的一流美国小说家说到托尔斯泰，这位小说家竟然不相信有人能写得比屠格涅夫还好。"这位小说家十有八九是亨利·詹姆斯。强调一下重点：屠格涅夫比托尔斯泰更值得一读。这是个不错的推荐。

很快，托尔斯泰和陀思妥耶夫斯基的名气在俄国内外都超过了屠格涅夫。20世纪90年代中期，我开始学俄语时，他已经过气了，我拿起《村居一月》纯属偶然：我以为它很好读（我不想读书单上的《父与子》）。我在俄罗斯上大学时，没人特别喜欢或者认可屠格涅夫，连最差劲的讲师也疯狂地喜欢契诃夫，但其作品现在也不那么流行了。花那么多时间读他

1　斯坦尼斯拉夫斯基(1863—1938)，生于莫斯科，演员、导演、戏剧理论家。

而不是那些20世纪的先锋作家，这让人觉得很讨厌。屠格涅夫给人的感觉是太软弱、太琐碎。

现在，屠格涅夫也没有被全盘否定，他是有名的剧作家。他的戏剧在舞台上至今长盛不衰，改编后还被搬上了银幕。但他不是那种人人喜欢的作家。命运的种子早在他职业后期就已经种下，那时，屠格涅夫是在俄罗斯以外的地方被知道的最早的作家，也是唯一的俄罗斯声音。他突然被人评价为"太西化"，这是关注小说美学，并较少关注人物道德和精神原则的标志。弗吉尼亚·伍尔夫认为读者喜欢他"更多是由于他作品的形式艺术，而不是他的社会和政治评论"。"形式艺术"可以是关于人性、自然界、爱和花草的写作，而不是关于上帝和农奴为什么需要解放的作品。（这么说不够公正，其实屠格涅夫认为农奴应该得到解放，他也这么写过。）屠格涅夫的风格基本和亨利·詹姆斯、海明威、福楼拜他们的一致。他不是和托尔斯泰、陀思妥耶夫斯基同一类型的俄罗斯人。这一点曾经是，现在也是他的魅力所在；当然，这也是他的不足之处。

不同传记里的屠格涅夫都是一个敏感而又温和的人，但他到底是个什么样的人物却引发了争议。弗吉尼亚·伍尔夫和亨利·詹姆斯仰慕他，托尔斯泰不了解他，陀思妥耶夫斯基则直接表达了对他的憎恨。但是，因为对别的作家直言不讳的批评而臭名昭著的纳博科夫却说他是俄罗斯排名第四的重要作家。如果你觉得纳博科夫太小气，屠格涅夫的名次可以排得更前，相信我，这对于纳博科夫来讲，已经是很大方的赞美了。纳博科夫认为屠格涅夫是优秀的作家之一，还抱怨其"过于快乐"但不够"伟大"。其他被他看得上的俄国作家按顺序是托尔斯泰、果戈理和契诃夫。

（我猜陀思妥耶夫斯基会气得掉肠子。）

还有，列宁特别喜欢屠格涅夫的作品，有些作家可能对这个评判标准不以为然。列宁喜欢屠格涅夫的小说《春潮》。据说列宁在他哥哥去世之后开始对屠格涅夫的作品着迷。列宁的哥哥在其离世之前，喜欢读屠格涅夫的作品。列宁对这位有趣的贵族作家的激情感到费解：屠格涅夫是个喜欢丝质背心、天鹅绒、吸烟、穿夹克的花花公子。他在欧洲待的时间比在俄罗斯待的还多，他旅行、参加聚会、去剧院。他把人生奉献给一位嫁给了另一个男人的歌唱家。他是我所知道的唯一一位公开自己最喜欢的香槟品牌的俄国作家：路易王妃香槟（现在你明白我喜欢他的原因了）。

他十分有趣，也十分古怪。他曾说法国著名女演员莎拉·伯恩哈特让他想起了癞蛤蟆。有一回，波林娜·维阿尔多惹恼了他，他朝她扔了个墨水瓶。他得了确诊不了的严重疾病，行动不便、痛苦不堪，只有数月可活，他说自己是只"人形牡蛎"。同时，他兴致勃勃地开始了"牛奶疗法"，可以猜到这种疗法意味着每天得喝八九杯牛奶，不怎么吃别的东西。他却说自己感觉越来越好。他坐在床上，口述了最后一个故事，题目颇为中肯，叫"结束"。后来他发现自己患的是脊髓癌，喝多少牛奶也治不了。

我喜欢把屠格涅夫看成一个既魅力非凡又愚蠢透顶的人。他喜欢令人愉快的时光，喜欢开玩笑。这些笑话不是人人都能受得了的，特别是陀思妥耶夫斯基。弗吉尼亚·伍尔夫为他的传记写过一篇书评，题目是"拇指很小的巨人"。这个说法不可谓不合理，在伍尔夫心目中他是位文学巨人，至少，据他自己所说，他的拇指不大。屠格涅夫在英国时有一件趣事，安妮·萨克雷[1]说她有一次邀请这位俄罗斯作家去她家喝茶,结果他没出现。"对于没能到场的事,我万分抱歉,"他后来解释,"抱歉。我没去成,因为我的拇指……你看,我的拇指!它们多小!长小拇指的人总是没办法做他们想做的事儿。它们老是阻挠我干点事儿的想法。"(传记作家帕特里克·沃丁顿在《屠格涅夫与英格兰》中也讲了这个故事,他猜屠格涅夫不是被"拇指"拦住了,而是和他的情妇在一起。)

屠格涅夫对19世纪的餐会习俗很是着迷,那时,人们常常中断进行的活动,问客人一个重要的问题,像"你的初恋是谁""你信上帝吗"或者"死后是不是还有生命"之类的。屠格涅夫在他1860年创作的小说《初恋》的开篇几页中再现了这些习俗,小说主人公弗拉基米尔·彼得罗维奇回答了关于初恋的问题:"于我而言,没有初恋。我的爱情从第二次开始。"这听起来是不是浪漫又动人?噢,屠格涅夫!真让人感动。不过,他随即就开始不正经了:弗拉基米尔说他的初恋是他六岁时家里的保姆。因此,保姆可以算他的初恋了(他是真的喜欢她),但严格地说也不能算。这就是屠格涅夫:好像说了些深刻的富有哲理的话,但马上用插科打诨的方式取笑明知没有希望还在坚持的自己。

托尔斯泰在表示对屠格涅夫的欣赏时总是有所保留。虽然他俩小心维持了大半生的友谊,但两人之间偶尔还是有不愉快之处,还曾因为对屠格涅夫的女儿是否应该把"穷人的旧衣服拿回家缝补"这一问题意见不一而大吵了一通。屠格涅夫觉得这是慷慨的善行,托尔斯泰认为这么做是

---

1 安妮·萨克雷,《名利场》作者威廉·萨克雷的长女,弗吉尼亚·伍尔夫父亲第一任夫人的姐姐。

沽名钓誉，有伪善之嫌。屠格涅夫说了些不方便被记录下来的脏话。也有人说两人不和的缘起是托尔斯泰不赞同屠格涅夫有私生女。（这个说法不太可靠，前面说过托尔斯泰和农奴生有私生子，他在结婚前向妻子坦白，对妻子造成了巨大的伤害。）后来，两人还在来往信件中时而强硬要求对方道歉，时而哀求对方谢罪，这件事的高潮是托尔斯泰喊着要和屠格涅夫决斗。他们俩最终还是通过更多的信件往来和解了，托尔斯泰在其宗教修行的一个阶段道了歉。他写道，屠格涅夫"生活奢侈，无所事事"，过着"近乎异教徒"的生活。

屠格涅夫拜访托尔斯泰在亚斯纳亚·波利亚纳的庄园时，两人之间也有过美好的时光。托尔斯泰的孩子们都记得屠格涅夫喝汤时假装自己是只鸡的趣事。屠格涅夫拜访朋友时，总是喜欢故意显摆他那两只走到哪儿就带到哪儿的表，一只在他（通常是深绿天鹅绒的）夹克的口袋里，另一只在他背心的口袋里。他总是同时掏出它们，看两只表的时间是否一致，给人的感觉是他有时被自己的玩笑带得忘乎所以了。他给托尔斯泰的孩子们讲儒勒·凡尔纳的逸闻趣事，说凡尔纳是个"爱宅在家的可怕的烦人精"。他愿意和孩子们一起跳跳舞，逗逗他们，顺便娱乐下自己。托尔斯泰对此不感兴趣，他在当晚的日记中写道："屠格涅夫表演康康舞[1]。悲哀。"

但是，屠格涅夫并不真是他装出来的那副爱卖弄的样子。无人挑衅之时，他待人谦虚有道，彬彬有礼。他在信里写道，和陀思妥耶夫斯基的作品相比，他的笔发出的是"微弱的吱吱声"，是他促成了《战争与和平》

1　康康舞，起源于法国，至今已有一百五十余年的历史，高踢腿是其代表动作。

的法文翻译事项，是他鼓励托尔斯泰不要放弃写小说："我的情况当引以为戒，不要让生命从你的手指间溜走。这是一个深陷不幸又自觉罪有应得之人的肺腑之言。"这是屠格涅夫在缠绵于病榻之时（可能在许多牛奶的包围之中）写给托尔斯泰的临终之言，请托尔斯泰继续写下去，他说《忏悔录》是关于精神转变的极其令人沮丧的文章，"对人类生命的最无望的否定"。（如前所说，比这还要糟糕。）"我的朋友，回到您的文学工作上去吧！"他言之切切，然而无济于事。

屠格涅夫和陀思妥耶夫斯基曾展开了一场让双方都严阵以待的旷日持久的争论。这发生在德国巴登–巴登市[1]——19世纪中期被称为"欧洲夏日之都"的温泉疗养胜地。（俄国文学漫画就热衷于描绘普希金一下子消失在了巴登–巴登。"好的，就这样吧，我要去巴登–巴登了。"）陀思妥耶夫斯基和屠格涅夫之间生起嫌隙的主要原因是他们对"做德国人不错，做俄国人很糟"这个问题看法不一。最初是陀思妥耶夫斯基评价久住西方的屠格涅夫不了解俄国："把你的望远镜对准俄国再来评说我们，否则你看不清我们。"（不知怎么的，这让我想起蒂娜·菲[2]扮演萨拉·佩林[3]时说的："我可以从厨房里看到俄罗斯。"）在这场论战中，陀思妥耶夫斯基公开说德国人是"恶棍、骗子"。这激怒了屠格涅夫，他大发雷霆说："你应该知道我现在在这儿永久定居了，我觉得自己是个德国人，不是俄国人。我以此为傲。"噢，天哪！

---

1 巴登–巴登市位于德国西南部，是著名的温泉疗养地、旅游胜地和国际会议城市。
2 蒂娜·菲，生于1970年，美国编剧、演员、制片人、主持人，曾主演四季系列喜剧《我为喜剧狂》。
3 萨拉·佩林，生于1964年，美国记者、政治人物，2006—2009年任阿拉斯加州州长。

可笑的是,这番论战纯粹是尊严之战,屠格涅夫自己动辄说他有多讨厌欧洲,有多想回俄国。他写道,巴黎仅有的体面事儿是音乐、诗歌、自然和狗,就这些,他们也干不好。("打猎令人恶心。")他受不了法国人:"凡不是法国的,他们都觉得是疯狂的、愚蠢的。"哲学家以赛亚·伯林[1]讨论屠格涅夫的信件里留下了他对"俄罗斯秋日景色与味道的渴望":"……面包、缕缕烟雾和农场主走过大厅时沉重的靴子声。"陀思妥耶夫斯基从没走出对屠格涅夫的憎恨。他在《群魔》中以漫画手法塑造的人物卡玛日佐夫口齿不清、令人厌恶并且是个自命不凡的纨绔作家,这明显是在隐射屠格涅夫。事实上,不久以后,在创作中取笑屠格涅夫成了俄国国家文学运动的一部分。此外,契诃夫在其短篇小说《匿名氏故事》中也对屠格涅夫理想主义的爱情态度极尽冷嘲热讽之能事。

除了说想做德国人之类的胡话,屠格涅夫基本上是个可爱的人,一如那些终身爱慕一位无法回报他爱情的女人的人。他的童年并不幸福,据说他母亲常常揍他。我最喜欢的一则故事发生在他十九岁时,在德国,有次他乘坐的蒸汽船在航行时失了火。据传,这起事故中,屠格涅夫"行为像个懦夫",这个性格缺陷使他不能被俄国上流社会容纳。这个例子说明,要成为19世纪充斥着蜚短流长的文学圈里的被蔑视的对象有多么容易。那一定是个幽闭的、制造偏执狂的世界。

在那个多变的时代,人人都在指责他的懦弱,把他和新生作家托尔斯泰、陀思妥耶夫斯基相比较。屠格涅夫在欧洲与波林娜·维阿尔多如影随形,无论他们的关系有多不平等,对他而言,那一定是持久的安慰。

1　以赛亚·伯林(1909—1997),英国哲学家和政治思想史家。

这至少使他成了一位情感细腻的作家。当新晋作家请教海明威阅读技巧时，屠格涅夫是唯一一位被海明威推荐其全部作品的作家。弗吉尼亚·伍尔夫称赞他拥有"慷慨、平衡的生活观"。有时很难判断屠格涅夫到底是一位有着犀利的黑色幽默感的喜剧演员，还是一个把世界描述得黑暗至极却不由自主地搞笑的抑郁的疯子。他早期的故事之一——《木木》讲的是一个又聋又哑的农民被迫杀死他最心爱的伙伴（小狗木木的故事）的故事。如果你打算戏仿一个抑郁的俄语作家写的最令人抑郁的故事，它是不二之选。

屠格涅夫也有严肃的一面。在其最有名的故事《烟》中，他描述当下的生活，一如最沮丧时的托尔斯泰："世间之事，特别是俄罗斯之事，还有人们所做的一切，均如同什么也没有做成就消失得无影无踪的一缕烟。"（快，在他发表长篇大论之前递给他钟爱的路易王妃香槟。）在许多方面，屠格涅夫想出的人生智慧和托尔斯泰的一样令人沮丧。以赛亚·伯林写屠格涅夫："他明白俄罗斯读者期待有人告诉自己应该信什么、怎么活。"（是的，我们也是这样！等待智慧的到来！把它给我们吧！）但他不会满足读者所需。伯林还说："问题提了出来，但大半没有回答。"噢，谢了，屠格涅夫，多谢，还是回去跳你可悲的康康舞去吧。

屠格涅夫和托尔斯泰一样，并未给我们的人生问题提供准确的答案，即便如此，他处理悲喜交加的现实场景的能力无人能及。通过描写世界本真的样子，他对人生真理的揭示比那些善意建议的提出还要清晰。我不确定自己是不是受《村居一月》的直接影响，而在居住于敖德萨的那个夏天果断采取了行动，但它一定起了部分作用。剧中有几个冲突的场景，陷入悲剧爱情的人们数次想直接挑战他们的心仪对象。这个时刻体现了愚蠢的伟大性和勇敢的纯洁性。这也是获取结果的时刻：要么爱我，要么拒绝我。我做出决定的那个时刻已经定格在了敖德萨的海滩上。

我在乌克兰的日子马上要结束了（在俄罗斯大学的海外学习生涯即将结束，我正在那儿度假），很快就要回英格兰。我需要知道上帝的礼物·上帝的礼物的儿子是否想和我在一起。我需要一个承诺，哪怕是一个暗示；哪怕是一点点能够证明我和他的感情不是受生理激情驱使的暗示，都会让我安心。星期六的晚上，我们通常会和一群乐队成员及他们的追随者在海滩闲逛。十点左右，酒喝得差不多了，聚会就转移到某人的家里。那天晚上，我记得酒比往常喝得早些，我也喝了不少，悄悄地把塑料杯里的波尔特葡萄酒（这种酒喝起来更像咳嗽糖浆）泼到沙子里。很快，要啤酒的呼声四起，人群拥到沙丘那儿的售卖亭里买酒去了。

"留下来，"我朝着上帝的礼物·上帝的礼物的儿子的方向说道，"我们就在这儿待着。"当跟不上队伍的人最后消失在沙丘那边，消失在了我们的视线之外，我就开始脱衣服准备下水。我决心已定。那个晚上，我不想做英国人，不想做俄罗斯人或者其他什么人，就想做我自己，就想不顾一切后果，就因为我想这么做。（也因为我醉得厉害。）我感觉我的衣服整整齐齐地搭在了波浪上面的一侧斜坡上，我尖叫着冲进了泡沫里。我记得自己从未在敖德萨游泳，因为那儿的水污染太严重了。水漫到了我的肚脐眼，我开始游，好像有什么漂浮的东西漂过我身边，是印着"爱斯基摩人"字样的冰激凌包装纸。"现在，我用斯拉夫语阅读的速度赶上我的英语阅读速度了。"我自言自语，开心不已。

　　水淹及我的肩部之前，我转过身来，发现上帝的礼物·上帝的礼物的儿子早就走远了，远在数米以外的沙滩上。单相思的爱给人痛苦、羞辱。如果你能避免，一定要不惜代价地躲开。但同时，你也要意识到这往往难以为之。有时，我们不得不做愚蠢的事儿，因为我们天性如此。如果托尔斯泰那天写日记，他一定会写："维芙裸泳。悲哀。"

V

如何避免与自己为敌……

《叶甫盖尼·奥涅金》

或：不要在决斗中杀死朋友

《叶甫盖尼·奥涅金》，普希金著，智量译，人民文学出版社，2018年。

"幸福就在附近，但却无法企及。"

不读普希金，你就不算是个学俄语的学生。大多数俄语老师会要求你背他的诗。你一边背着他的诗，一边哭哭啼啼、咬牙切齿，手里还挥舞着一块在血里浸泡过的手绢儿，那血是你刚刚在决斗中枪杀的对手的。了解普希金等于了解有多少种决斗方式。有人猜测普希金一生进行的决斗多达二十九场。这个数字可能是真的，因为我最初读他的作品是形势所迫，我常常生出希望有人把我枪杀的想法。普希金告诉我们不要做傻瓜。这充满了反讽的意味，因为普希金的死因和自己的白痴行为多多少少有点关系。他本不必四面树敌。他就是自己最大的敌人。（他在一场无疑是不必要的，为了尊严而战的决斗中中枪身亡。）

《叶甫盖尼·奥涅金》是阅读普希金经典作品的开端。它的主人公亲手制造了自己的不幸。叶甫盖尼·奥涅金开枪打到了自己的脚，这个情节颇具隐喻意义（在他最终开枪射中自己的好友之前），他也没有意识到那个疯狂爱上他的女人是他的灵魂伴侣。他抛弃了她。他明白过来后想："哦。"我得诚实：理解到这一步，我用了漫长的时间。多年来，我连他写的那四页关于舞会上女人美丽的脚的部分都不太明白。（"……可爱的女士的脚冰雹一样飞过……我欣赏她们的脚……我的小脚，你们去了哪儿？……像奴隶一样拜倒在她的脚边！……用吻覆盖她可爱的双脚……"）这几句话很出名，学术圈里郑重其事地将其称为"踩着脚踏板的跑题"。这里是普希金抖搂的笑料："我赞美过时尚女王，也赞美过那不停歇的喋喋不休的利拉琴，它们无法和她们激发的诗篇和激情媲美，她们的表情、她们受欺骗的语言如她们的……双脚一样灵巧。"这是不是值得写四页，我不确定；但是我很高兴他做过尝试。从第一章关于舞会的段落节选的诗行可以看出这是经典著作中的经典部分；这更像读荷马，而不是读托尔斯泰。我们现在谈的可不是休闲阅读。

　　我在还不知道普希金的重要性的时候曾接触过他的作品，但很快就把它放到了一边。裸泳事件发生前两年，人们还没叫我"亲爱的小小小小维普"时，我到俄罗斯的大学去学俄语，那时我连一个词都不会说，这很正常。我没打算一开始就要学得很好。我和其他几十位学生"从零开始"学习，我们中的大多数人至少能说其他两种语言，已经习惯了传统的语言教学法。我们等着单词表，等着练习角色替换的结果。我在俄罗斯上的第一节语言课是看一段鹦鹉尖着嗓子说话的视频，鹦鹉说话像说绕口令似的："很高兴遇到你！"要复述这些单词已是不易，更别提跟着鹦鹉学并理解它们了。

　　这种教学方法让我忧心忡忡。我不想跟着鹦鹉学俄语，我想跟着俄罗斯人学俄语。这就好比教人英语，却这么开始："漂亮的鹦鹉，不是吗？"一直到今天，我和人见面用俄语打招呼说"很高兴遇到你"时，总是试图板着脸。我感觉自己在对着人的脸尖着嗓子叫，我的喙在抖动，我抖落几根羽毛，只是为了表明我说得对。

我们从"鹦鹉视频学院"毕业几个星期后，就开始转战普希金。我以前觉得跟着鹦鹉学习匪夷所思，但接下来的更加令人难以想象。这就等于给人刚上了两个星期的英语课，就说"现在我们开始读《奥赛罗》[1]"。这是教俄语的典型套路。他们一下子就把你扔到深水里，让你尽可能长久地感觉到语言的威力。当你用这种方式过了关，学会了说俄语，就会延续这个世纪神话——学俄语很难，还会把这个神话传达给别人，于是说俄语的人就留在他们自己那个特别的秘密俱乐部。几个星期的普希金作品阅读对于"从零开始学俄语"课程的学习者来说是个终身都无法忘记的"下马威"。这个课程设计的目的是让你也去吓唬别人，让他们也承受你遭过的罪，己所不欲，定施于人。借用普希金的话："我想理解你，想研究你隐晦的语言。"这令人倒吸一口冷气。

我们在那些普希金以外的课上学到的东西不太实用，所有的课程设计都假设我们已经掌握了大量单词。有一次，我们进行单词测试，总分50分，我只得了1分。作为一个一向对自己的语言能力感觉良好的人，多年来我在学校几乎没怎么失过分，这让我感觉到了恐惧和屈辱。（因为很少失分，我上学时，人们习惯开玩笑说我要是考试没得满分，原因肯定不是我写错了答案，而是我把自己的名字拼错了。知道我名字的人明白这是很有可能的。）我认为我写对的那个词才是单词测试中最重要的。我是班里唯一一个知道"毛巾"这个词的人。我继续将学习的内容定在我觉得有用或者感兴趣的知识上。后来，在一次口语测试中，我告诉考官，我的乌克兰男朋友的祖母说我需要增肥，因为我的屁股和麻雀的一样小。我要

---

1 莎士比亚四大悲剧之一。

是连这都会说，读普希金有什么必要？

学习俄语的过程很艰难，我一直都有种深深的挫败感。在俄罗斯上大学的第一年，我一直都茫然不知所措。我从来没有读完指定的普希金作品（《青铜骑士》）。第一学年结束，我的成绩很糟，这是前所未有的，有些课，我差点儿没及格。知道成绩的那天我已经回到了我父母在萨默塞特的家。我把自己锁在卫生间里哭泣。虽然心情低落，但我深知自己再也不会被什么事情击败了。回头看看，我发现，我最初因为无法跟上那种野心勃勃的教学方法而产生的焦虑（"第一周学鹦鹉说两个俄语单词……第四周读普希金的书"）是我后来热爱俄语并且执着地要学好它的原因。那只该死的鹦鹉让我下定决心要把俄语说得像俄罗斯人说的一样地道。

刚开始读《叶甫盖尼·奥涅金》，我对它敬而远之，因为我还是对受鸟类影响考砸的事儿耿耿于怀，并且深信这是个讲述贵族爱情的无聊故事。后来，我主动去读这部小说，因为我想进入俄罗斯的灵魂一探究竟。众所周知，普希金应该是帮你找到答案的不二人选。人们不仅认为他作品中的语言是最纯正的俄语，也把他本人当成俄罗斯性格最出色的代表。说实话，你不读普希金，就不容易和俄罗斯人相处。他们以为你一定读过他。要是知道你没读过，他们会把你看成敌人。

普希金的语言确实很优美，不需要学者们在草坪上竖个写着"走开，白痴"的牌子。为什么这么特别？这像评论莎士比亚的英语一样：是丰富又令人激动的语言运用之集大成；是颇具新鲜感的，简单与原创的结合，就像许多个世纪以前语言刚刚被创造时一样；同时，还富有音韵美。我喜欢他大多数作品的主题：《鲍里斯·戈都诺夫》中由内疚导致的悲剧，《黑桃皇后》中由贪婪引发的危险，还有《鲁斯兰与柳德米拉》中由傲慢带来的威胁。他的作品最大的魅力是安静的宿命之美，这是俄罗斯作品的典型特点，也因其人性之美具有了普世价值。1821年普希金的诗歌，《我耗尽了我自己的愿望》：

> 我耗尽了我自己的愿望，
>
> 我不再爱它，梦想也消失，
>
> 只有痛苦还留在心上：
>
> 那内心的空虚之果实。[1]

能写下这样的诗篇的诗人，怎么可能不是一个十分了不起的人？

我有时觉得，好多人对俄罗斯文学心存敬畏大半是因为普希金。若不去细读，既不是学者又不擅长俄语的普通读者会觉得，他的诗作读来令人生厌。很大程度上，这是因为他的作品不好翻译（想来有些古怪，怎么没人这么说莎士比亚，翻译他的作品才真的是噩梦）。普希金是俄罗斯文学中最能让人自命不凡、自认为高雅的作家。"啊，你不懂俄语？ 那你读普希金没什么意义。你读不懂。"听到这些，我总是叹息一声，恶心得想吐。如果有人告诉你，你看不懂什么东西是和你的智商有关，他们通常说的是自己的亲身经历。

《叶甫盖尼·奥涅金》的情节并不难懂，可谓"天才之作"。叶甫盖尼·奥涅金是个纨绔子弟，有点儿像让人讨厌的艺术家，走大运继承了叔

---

1 《普希金抒情诗精选集》，穆旦译，当代世界出版社，2009年。

叔的财产。他搬去乡下,遇到了达尼娅,一个容易受人影响的年轻女子。她爱他爱得无可救药,用法语写了一封信向他诉说她的爱。他嘲笑她,冷落她。他还做了另外一件可怕的事。他在命名日宴席上放纵自己,故意对着达尼娅的妹妹、连斯基心爱的姑娘奥尔加说了些甜言蜜语,这激起了他的至交好友连斯基的嫉妒。形势失控,连斯基要和奥涅金决斗,而实际上本无必要(奥涅金对奥尔加没有兴趣),连斯基在决斗中被杀。内疚噬咬着奥涅金的心,心慌意乱之下,他离开了自己的国家。

几年之后,奥涅金从国外回到圣彼得堡参加舞会。他发现达尼娅也在场,此时她已嫁给了一位比她年长的将军。奥涅金以成熟的眼光打量达尼娅,发现自己疯狂地爱上了她,就向达尼娅坦白了自己的爱。当然,达尼娅恪守道德约束,他们之间没有任何可能。奥涅金用自己的愚蠢毁了他们两个人的生活,他们永远也不能获得幸福。但达尼娅至少可以从她秉持的道德标准中获取安慰,因为她坚信自己是对的。奥涅金自己铺的床,必须自己睡。(我是在打比方。结局不是他在自己的床上哭泣,虽然这么做更好。我希望他的床上不要再有第二个人。)

《叶甫盖尼·奥涅金》里对年龄严谨的处理回应着《安娜·卡列尼娜》和《村居一月》的情节。读《叶甫盖尼·奥涅金》,很容易觉得它的主题有关年龄差距:奥涅金这个"年长的"男主角抛弃了一个年轻女孩儿。达尼娅的实际年龄很可能是十七岁或者十八九岁,奥涅金二十五岁。她有时表现得像个女学生,但追求奥涅金的行为又显得她十分成熟。对奥涅金来说,爱上她的时机还未来到,他忽视了她的存在。尽管奥涅金年纪比她大,但等他足够成熟,等到他明白自己该做什么时,机会早已逝去。这是

《叶甫盖尼·奥涅金》讲述的人生规律:我们很蠢,等我们明白什么对我们有好处时,一切都太迟了。不仅仅是因为生活艰难、不可预测,更是因为我们常常错失了抓住幸福的最好机会。我们只能引咎自责。(抱歉,如前所说,我不保证所有的人生经验都是令人兴高采烈的。你已经知道了,大多数都不是那么让人开心的。)

《叶甫盖尼·奥涅金》是俄语文学的经典,是诗体小说的前身,也是"多余人"这一人物类型的奠基之作。"多余人"是俄罗斯文学作品中类似拜伦的英雄,这类人物通常家产丰厚,享有特权,但不知道如何度过自己的人生。这是一部奇特而又难懂的书。我保证有些书呆子会说它只适合阅读,不适合在舞台上演出。但我是在伦敦巴比肯艺术中心看了这部作品的俄语版演出后,才终于理解普希金想要说什么。一切都变了,我被这个故事吸引,激动不已。剧院上演的是莫斯科瓦赫坦戈夫剧院的俄语作品。我对它的欣赏很可能和演出前发生在酒吧里的一起事件有关。因为需要给某个广播节目写戏剧评论,我就一个人去剧院看戏。我到得很早,因为很少去巴比肯,我决定找找这个著名的文化场所附近有什么吃的、喝的。我发现了一家供应创意鸡尾酒的酒吧,那儿有我最喜欢的薰衣草配料。那很可能是家马提尼酒吧,因此应当是薰衣草马提尼。我点了它。鸡尾酒送过来后,我一喝,发现味道很不错。喝到一半时心想:"很不错。可是没有一点儿薰衣草的味道。"原来是酒水送错了。我看着酒保说:"抱歉,我已经喝了一大半,但我发现这不是我要的东西。我想要薰衣草鸡尾酒。"他迅速地做出了准确的判断,认为没必要浪费时间和一个飞速喝完半杯鸡尾酒的人理论,就给我调了杯薰衣草鸡尾酒。我又喝了。

（我已经不记得那一杯是什么啦。反正两杯味道都不错。）这下等我开始看戏时，已经处于十分乐意接受新鲜事物的情绪中。这是一个某人偶然成为自己绝佳命运的缔造者的例子（这和奥涅金的命运恰恰相反）。

这部戏制作华美，主题突出，所有的女性演员都穿着或白色或其他淡雅色系的服装，古怪的吟游诗人带着巴拉莱卡琴[1]赶场似的穿过舞台，故事的女主人公达尼娅和一个巨型填充熊玩偶一起跳华尔兹。（正在此时，我开始回想自己到底喝了三杯还是四杯鸡尾酒。）戏很长，大概有三个半小时，我感觉自己是在一场梦里。结束时，观众中的俄罗斯人喜极而泣，眼泪哗哗地都流到了他们的皮毛大衣里，他们拼命鼓掌、尖叫，"太棒了！"他们朝舞台上抛花，相比俄罗斯剧院的观众来说，这么做已经是十分正常和低调了。

这部制作精良、设计巧妙的戏剧让我明白了叶甫盖尼·奥涅金最大的遗憾是缺乏自我意识：他伤害到了自己。这部剧通过安排两个演员同时演奥涅金来表现这层意思。一个演意气用事的奥涅金，另一个年长的演员则演带着懊悔、自我厌恨来打量年轻时的自己的奥涅金。这是对后知后觉的人物的戏剧化呈现。普希金讲述了一个人类无法和自己的伟大梦想和平共处的故事。它是错误的时间、错误的地点的隐喻。它提醒我们，所有人都有不明白什么对我们有利而做出违背我们最大利益的行动的可能。正如托尔斯泰告诉我们不要因为人物的所作所为怪罪他们一样，普希金也让奥涅金逃脱惩罚：我们都有自我伤害的时刻。我们无法控制自己，但看看他人的作为或许可以让我们避免犯同样的错误。

---

1 俄罗斯的一种三弦乐器。

我看了瓦赫坦戈夫剧院的戏后不久，就在英国皇家剧院看了卡斯帕·霍尔滕导演的歌剧《叶甫盖尼·奥涅金》。这次，我印象最深的不是达尼娅的款款深情，也不是奥涅金悲痛欲绝的懊悔，而是奥涅金至交好友连斯基的悲剧。连斯基的故事线是次要的，故事主线是奥涅金和达尼娅的爱情。实际上，奥涅金对连斯基的所作所为比他对达尼娅的行为更为无礼、更为白痴。奥涅金失去达尼娅，他只是伤害了自己。他不考虑后果的行径却伤害了连斯基，并直接导致了他的死亡。在这部歌剧里，连斯基在决斗时被击中，倒地死去。在全体观众的注视下，他整部戏都躺在那儿，其他演员在舞台上走来走去，对他的尸体视若无睹。这一场景真的让人心酸不已。（对演员来说这十分烦人，演连斯基的演员事后说他躺在那儿喘不过来气，十分不舒服。上帝保佑。）或许最怪异的是剧终之时奥涅金和达尼娅满心悔恨地对唱这一部分，他们俩一眼都没瞟在马厩附近静静地躺着、已经死去的连斯基。

对我来说，这就是人生的隐喻。你犯了错，违背了自己的最大利益，发现自己余生都要面对连斯基的尸体。时间流逝，你来来去去，他却总是躺在那儿，时刻提醒你，你是个无可救药的白痴。无疑，奥涅金是自己最大的敌人：他杀死了自己最好的朋友，余生背负着他的幽灵。除此之外，他还当面嘲笑了一个本该是他妻子的女人。你要是个十足的傻瓜，这便是一条关于责任的实用生活经验。这总是让我想起电影《当哈利遇到莎莉》中凯丽·费雪[1]扮演的玛丽的台词："你会用一辈子的时间发现别人嫁

---

[1] 凯丽·费雪（1956—2016），美国女演员，作家。代表作有电影《星球大战》系列、《地狱来的芳邻》等。

给了你该嫁的理想丈夫。"《叶甫盖尼·奥涅金》讲的是你花了一辈子的时间才明白别人娶了你该娶的理想妻子,你却杀死了自己最好的朋友的故事。

我一直希望将来有机会把普希金的著作和诺拉·艾芙隆[1]的电影剧本进行对比阅读。时光流逝,普希金的名气不比从前,欣赏他的作品渐渐变成了少数精英的专利。这真的很可惜,因为普希金本人魅力非凡、性格复杂。像莎士比亚一样,他的作品滑稽、难懂,但充满智慧。问题是:你怎么能够不费力气地读懂它? 本书谈到的所有作家中,他可能是最难让人去说服读者读下去的。(他唯一的竞争对手是索尔仁尼琴,此君的作品因为主题特殊,很少有读者能够读完。光是题目就显得内容沉重、难以理解。)悲哀的是,很久以来,欣赏普希金的人仅限于书呆子和知识分子,我觉得这可能得怪纳博科夫——另一位"所有时代最伟大的俄语作家"头衔的入选者(至少他自己这么认为)。没有比纳博科夫更重要的书呆子和知识分子了。1964年,他出版了自己的英文译作《叶甫盖尼·奥涅金》,这是他耗费了一生力气而写就的著作,整整推迟了一代人的时间才出版;同时,这把普希金"不可译""不好懂"的名声在既不是俄罗斯人也不是学者的人中传扬开了。

毫不令人意外,纳博科夫提供了关于普希金巨著的最为准确的翻译。面对巨大的挑战,纳博科夫想向世人证明他完全能够胜任这份工作,并且谁都没他做得好。他萌生这个想法部分是出于他对先前一版他认为"尴

1　诺拉·艾芙隆(1941—2012),美国作家、编剧,以创作浪漫喜剧闻名,其代表作有《当哈利遇到莎莉》和《西雅图夜未眠》。

尬"的译本的质疑（沃尔特·阿恩特[1]的，至今仍被认为是优秀的译本之一）。这引发了"20世纪60年代最激烈的文学公案"，纳博科夫的朋友埃德蒙·威尔逊[2]披挂上阵，为可怜的沃尔特·阿恩特辩护，最终导致这对朋友为此分道扬镳，再无和解之机。这场争论显示了人们因痴迷于"普希金有多特别、多重要"这一话题而表现出的白痴程度。尽管如此，我还是喜欢这场争论的每一个细节。我感谢它，因为它给了我更多捍卫《叶甫盖尼·奥涅金》并反对这场争论引发的愚蠢和迂腐的理由。

艾利克斯·宾恩在其著作《宿怨》中精彩地记录了这场文学官司。（如果你仍然觉得读普希金很困难，请读一下这本特别有趣的书。）它时而让人面红耳赤，时而让人捧腹大笑。宾恩讲述了威尔逊和纳博科夫因为《叶甫盖尼·奥涅金》的翻译爆发的冲突，许多美国文学期刊都登载了这一事件。或许除了文学圈和学术圈，这并未在世界其他领域引发回响。无论如何，我觉得这提供了我们如何看待俄罗斯文学的背景信息。我不由得认为，两个绝顶聪明又自负得可笑的人丢人的互损余波不经意间代表了过去五十年里人们对俄罗斯文学的反应。如果他们两位都觉得普希金很难理解，为此不惜毁掉两人一生的友谊，我们其他人又该如何是好？

这起事件发生之前，威尔逊和纳博科夫之间的友谊已经持续了二十多年，他们的决裂印证了俄罗斯文学造成的糟糕的模式化印象：只有少数"足够聪明的"精英才能理解它们；如果你俄语不流利，最好就别尝试；如果你找不到完美的翻译，读也没有意义。问题都来了。糟吧？你要是对

1　沃尔特·阿恩特（1916—2011），世界知名俄语、德语和波兰语学者、翻译家。
2　埃德蒙·威尔逊（1985—1972），美国作家和评论家。

这些书有自己的想法，就会被那些书读得比你多、比你更聪明的人击败；因此最好和他们保持距离。讽刺的是，这两个人都像叶甫盖尼·奥涅金的学术版：损人不利己，仅仅为了占据翻译几个名词的道德高地，把一段持续了很久的友谊扔到了公交车下践踏。

公正地说，纳博科夫完全有理由、有权利翻译被称为"俄罗斯第一部小说"的《叶甫盖尼·奥涅金》。现在我们有些理解纳博科夫为什么对沃尔特·阿恩特的翻译大光其火了。他认为阿恩特的译本有损原著之意。诚然，阿恩特在一些地方确实翻译得自由了些。照纳博科夫的说法，丈夫一度被错当成情人，箭被当成枪；开篇明明是"我的叔叔他极度讲规矩"，结果阿恩特译成了"我叔叔这个守规矩的老傻瓜"。很明显，这就有点儿迂腐了（虽然我个人更愿意读一首关于老傻瓜的诗）。这种不值一提的细微差别（显然，译者的翻译是一项选择性的工作）让纳博科夫勃然大怒，着手开始一个终结所有译本的译本。他这个版本有四卷，多达1850页，虽不如《战争与和平》那么长，但你要知道《叶甫盖尼·奥涅金》最流行的版本才两百多页，这可真是了不起的成就呢。纳博科夫加了1650页的注释，脚注多得让人头晕。这可能是文学史上最迂腐的一次行动。

埃德蒙·威尔逊在《纽约时报》发表的评论狠狠地刺了纳博科夫的译本一刀，他指出英文里根本没有下面这些词（或者即使有，也不怎么用了）：重新记起（rememorating）、生产（producement）、弯曲的（curvate）、习惯（habitude）、隆隆声（rummers）、家族主义的（familistic）、黄昏（gloam）、点（dit）、托运人（hippon）和圣甲虫（scrab）。（如果你觉得学俄语难，看看这些英文单词会让你好受些）。威尔逊给他们友谊的棺材敲上了最后一颗钉子，他批评说纳博科夫应该将一句俄语译为"我可以再见到你吗？"，而他译成了"我可以见你吗？"，威尔逊说这听着像"用计算机从俄文译成的英文"。在这点上，难以断定这两个了不起的人到底哪个是更傻的傻瓜。这些学术评论的后果是一边贻笑大方，一边打击了"正常"的读者（比如那些神经没有问题，也没有书呆子气的亲俄者）。这十分不公平，因为《叶甫盖尼·奥涅金》对于人们理解小说这个重要的文学体裁起着重要的作用。什么都不说，它为后来的许多俄罗斯文学作品树立了典型。这是第一部"小说"（虽然是诗体小说）。达尼娅作为一种人物类型也起着重要的作用：她为陀思妥耶夫斯基创作《罪与罚》中的人物冬妮娅，即拉斯柯尼科夫的"好妹妹"，以及托尔斯泰创作《战争与和平》中的娜塔莎提供了灵感。

我们在奥涅金身上第一次看到了俄罗斯小说中特别热衷的"类型"：凌驾于一般社会道德规范之上的拜伦式的超级英雄。（请大家为我纳博科夫式的文字游戏鼓掌。）许多评论家认为这本书并没有提供什么重要的信息。我赞同迈克尔·巴斯克教授在其著作序言部分的观点："它揭示了一个更为严肃的问题，即生活在一个充满变迁和诸多束缚的时代，如何调整自己以便完成在这种环境下更好地生活下去的这个艰辛的任务。"这个解释很长，换句话说，它和陀思妥耶夫斯基及托尔斯泰关注的问题相同：怎么过上体面的生活，怎么度过你的人生，怎么做个好人。这是一本讲究押韵、讲究节奏的早期心理自助作品。

我不知道普希金会不会在意这些。和叶甫盖尼·奥涅金一样，他也过着今朝有酒今朝醉的生活。他四处闯祸，热爱冒险。他不惮于做将来某个时刻可能会为之追悔莫及的事，"哎呀，天哪，当初我为什么那么做？"他沉迷于决斗，因为决斗可以彰显他的男子气概，还可以证明他是对的。他希望攀附权贵，挤入上流社会。他是一个不计后果的赌徒，一个好发脾气的冲动的花花公子。爱他也好，恨他也罢，都无法否认他是个讲故事的高手(他喜欢童话、魔法和民间故事，这让人不禁想起J.K.罗琳来)，是最出色的空想家，具有浓郁的戏剧气息（让人想到写十四行诗的莎士比亚）。放到现在，人们一定会叫他"戏剧之王"（让人想到奥斯卡·王尔德）。普希金的传记作者T.J.比尼恩说，普希金对个人自我背叛的讲述导致了他的死亡，"他好像在讲和他无关的一出戏剧、一个中篇"。

1799年，普希金生于一个家道中落的小贵族之家，在当时的俄国寻找一个比他更具异域背景的人还真不是一件容易的事儿。他的曾外祖父是非洲王子，被人从现在叫"乍得"的国家绑架送给彼得大帝做礼物。[1]曾外祖父后来成为将军，被沙皇收为教子，普希金曾为他写过《彼得大帝的黑奴》这样一部传记。

我欣赏普希金后来越来越出色的文学才能，我也欣赏他"不计后果、不求收获"的人生态度。快意人生？确实如此。他嗜赌如命，热衷饮酒，喜欢女人，常常在不同的女人间打转。"所有的女人都很可爱，"他写道，"但是爱男人才使她们变美。"他终身都保持了孩童时期的特点：在他的作品上信手涂鸦或者画简笔画。他在扎哈罗沃庄园的森林里采摘野草莓，那是他祖母在莫斯科西部的一处果园，在他乱涂的画里，我们看到他乱糟糟的头发，衬衫领子歪歪扭扭地竖了起来，他总是穿着皱巴巴的夹克，衣

---

1 此处说法有争议，但普希金确有非洲血统。

冠不整，身上带着拜伦式的浪荡不羁和一股绝望的美。他的传记作家塞雷娜·瓦伊塔尔说，他的夹克老是缺一颗扣子，我盼着他多花点儿时间学学针线活儿，少费点儿工夫刺激别人和他决斗。

普希金的妻子娜塔丽娅·冈察洛娃据说是全俄罗斯最美的女人。据说他们举行婚礼那天就有不祥之兆。当时她十七岁，他三十一岁。他们的婚礼先是因为霍乱流行推迟了几个月，后来结婚当日的气氛好几次被不祥的征兆破坏：交换戒指时一个指环不慎滑落，燃烧着的蜡烛神秘地熄灭。在莫斯科度过的新婚生活的前几个月，普希金一度是满足的："我结婚了，还很幸福。"他写道，"我唯一的愿望是这一切不要改变。"不久之后，这对新婚夫妇去了圣彼得堡，普希金写道："我不喜欢莫斯科的生活。你在那儿不想活下去，但是老女人们想让你继续活着。"

他们回到圣彼得堡后所发生的一切是普希金的噩梦。沙皇授予他一个明显带侮辱性的可笑的称号——"内阁小绅士"，这纯粹是为了让他的妻子能够出入宫廷而给予的称号。她已经引起了沙皇和其他仰慕者的注意。据说，娜塔丽娅很美，是宫廷的宠儿，但她没受过什么教育，举止粗俗不堪。

此时，普希金已经完成了《叶甫盖尼·奥涅金》的创作，这部长诗始作于1824年，完成于1831年。这部诗体小说具有古怪的预见性，或者说它体现了当时的风气。普希金著作里的情节和致他死亡的场景相似得可怕。连斯基的结局便是现实生活中普希金的宿命。普希金的妻子（可能没有恶意）和一个叫"乔治·丹特斯"的年轻军官你侬我侬。一封匿名信送到了普希金的手上，给他颁发"绿帽子协会的最高勋章"。普希金别无选择，只能向丹特斯发起决斗。他在决斗中被对方击中，两天后死去，时年三十七岁。丹特斯从未道歉或者表现出一丝难过。普希金清楚，当时发生过不计其数的完全无意义的决斗。实际上，《叶甫盖尼·奥涅金》中唯一与实际不符的部分是奥涅金在决斗中杀死自己的朋友后，心灵备受折磨，再也没有恢复过来。现实生活中，时间会治愈一切，人们不会让自己在纠结中被打倒。

《叶甫盖尼·奥涅金》讲述了一出偏离社会规范的有趣的爱情悲剧，也讲述了一个发现自己是个十足的傻瓜的人的忏悔。奥涅金写信给达尼娅：

> 那时我使人心所珍爱的一切
>
> 都和我自己的心一刀两断；
>
> 那时我孑然一身、无牵无挂，
>
> 我想：我愿意用幸福去换取
>
> 自由与安逸。我的上帝！
>
> 我错得多么厉害，受到怎样的惩罚……

奥涅金期待着她的回信，希望得到满意的结果，奥涅金读卢梭和冯泰耐尔，但心灵的眼睛却读到了年少的达尼娅写给他的信，那封惹他嘲笑她的信。现在，达尼娅复仇的机会来了，我们把奥涅金的心留在"狂躁的海洋"。怎样才能不做自己最大的敌人？不要狂妄，保持谦卑。留心自我戕害的行为，不要动辄和人决斗。有一个非常非常漂亮、非常非常聪明的女人送给你一封爱的宣言，拒绝她前一定要想了又想，嘲笑她前一定要思了又思。因为，有一天，她也许会笑回来。

VI

如何克服内心的冲突：

《罪与罚》

或：不要为钱谋害老太太

《罪与罚》，陀思妥耶夫斯基著，朱海观、王汶译，人民文学出版社，2019年。

"走自己的路，即使错了，也比走对别人的路要强。"

　　无论你有什么样的人生经历，都不会像拉斯柯尼科夫那样倒霉，他有能力也有意愿做大事，可是却以用斧头杀死放高利贷的老太婆阿廖娜·伊凡诺夫娜和她妹妹的方式证明自己的实力。这本书告诉你，人们很容易说服自己相信：一、不真实的事儿；二、十分疯狂的事儿。如果说奥涅金对于拥有权力的感觉过于骄傲，那么，拉斯柯尼科夫是缺乏安全感的，他会为抬高自己的身份去做疯狂的事儿。普希金的伟大作品中的主人公漫不经心地破坏了自己获得幸福的机会，而陀思妥耶夫斯基讲述的是你在人生中明明知道自己错了但还是坚持下去的时刻。《罪与罚》主要是对饥饿造成的后果的警示，拉斯柯尼科夫挨饿的时候总是无法处理好自己内心的冲突。

　　我在圣彼得堡的时候常常想起拉斯柯尼科夫，因为我就住在陀思妥耶夫斯基书里提到的地方。我去我任教的英语学校的路上必然会经过塞纳亚·普罗什查（干草市场），小说的一个主要场景。拉斯柯尼科夫从租住的公寓出发时，他的灵魂遭受着谋杀思绪的折磨，最终犯下了杀人的罪行。我在那儿偶然发现了一位卖超级美味的馅饼的老妇人，她在地铁外摆了个小摊，金属桶里放着卷心菜馅的俄式馅饼，下面用热炭加热。我走在拉斯柯尼科夫徜徉过的运河边，大快朵颐那些热乎乎的小小的馅饼。同时，我的内心也在上演天人交战：我怎么才能既保持英国人的身份，同时又越来越俄国化？我在俄罗斯待得越久，融入当地文化越深，我越感觉到自己身份的分裂。当然，我在那些街上闲逛的时候，并没有什么事情激发我的杀人冲动。（偶尔我也有过想杀人的冲动，特别是在固定时间，有人以形形色色的、鬼鬼祟祟的方式把我当成街头女郎搭讪时，这好像是当时流行的消遣似的。）我渴望俄罗斯化，已经到了和拉斯柯尼科夫一样几近疯癫的程度。我越来越相信我有一颗"俄罗斯的灵魂"。我为自己辩解，在我暂时寄居的国度，我年轻、单纯、没有自知之明，身上是满满的异国情调。我最终克制了一连几个月只说俄语的疯狂（我坚持的学习俄语的做法——真是大笨蛋），后来我及时意识到这还不如为英文报刊《圣彼得堡时报》工作靠谱。这样，我就可以融合新旧两个自我：用俄语采访，用英语写报道。要命的裸泳事件发生的那个夏天之前的春天，我在那儿工作了几个月。

这家报社是个特别的机构，对侨民和像我这样想做记者的年轻人很有吸引力。我写关于摇滚乐队的稿件（包括上帝的礼物·上帝的礼物的儿子的乐队）。我给那些经常做出很难吃的食物的餐馆写评论；我们一般不在"评论"里提食物难吃这回事，因为我们想让圣彼得堡看起来是个好地方（部分原因是我们在努力说服自己）。我在那儿工作时有一条特大新闻，那是由一位美国摄影师提供的一张独家照片，他成功地拍摄到一位极端民族主义政治家身着内裤（灰白，发皱，很像它主人）、蹬着轮滑鞋的样子。这在办公室引起了轩然大波。我记不清我们是否刊登了那张照片。

有一种可怕的感觉是我们确实登了。

我在这家报社的第一个任务是报道一起表现陀思妥耶夫斯基式自我欺骗的事件，所以我借此机会研究了内在冲突的艺术。我被派去马戏团采访一位著名的小丑演员。他长着一张可爱的却郁郁寡欢的脸，头发柔软卷曲，有着忧伤的、富有表现力的表情。马戏团可是个重要的地方：全年无休的旅游胜地，而且他们定期推出有创意的表演者。我的采访对象就是其中的一个。他希望通过我——他期待已久的采访者，向世人道出他的心声。他不是个小丑，他有其他更重要的身份。

他率先开创了一项独特的表演模式：他组织了个刺猬表演团。他带着它们满世界地演出，"拉斯维加斯啦，东京啦"。他急着要给我留下他"不再是一个小丑"的印象。这是因为他作为著名的驯兽师在国际上获得了了不起的成就。很明显，这比仅仅做小丑要高一个层次。整个采访就像他在宣告结束先前事业的发布会。我信以为真。我还记得他摇着头打断我的采访时那固执的样子。我问，"您开始步入小丑这个行业……""我不是小丑……""抱歉……您做小丑的时候……""我不是小丑……"

他的表演令人觉得不可思议。刺猬们听着他的指令来来回回地走。那是他亲自跑去野地里抓回来又驯养了几个月的刺猬，他教刺猬们东奔西跑，教它们跳过其他的刺猬（借助不同位置的坡面）。表演结束时，他把刺猬放在一根管子的一端，一只豪猪从另一端钻了出来。他叹息说，他遇到的最大挑战是表演时让豪猪待在管道里（某种程度上像隧道）。这得反复训练才行。这位"非小丑"真的是个了不起的小丑。那些刺猬也是了不起的刺猬。我为我拿到的独家消息而骄傲。（从我和小丑关于刺猬的对话中,你可以看到我的俄语已经很熟练了。)

我回到办公室誊抄稿件时,编辑把我叫进他的办公室。编辑:"你为什么在稿子里一直强调他不是小丑？"我:"因为是他自己这么坚持的,我不这么做怕他难过。"编辑:"你看看这张照片。"马戏团提供了一张我的采访对象在刺猬和不再桀骜不驯的豪猪旁边摆拍的照片。他戴着巨大的小丑假发,穿着小丑衣服,满脸都化着妆,还有一个红色的鼻子。我呆住了。"是。他就像个小丑。"编辑说,"你把他不想做小丑的那部分删掉。"

我很不情愿,但还是点了点头。我明白,和摆在你面前的事实对抗没什么意义。他的眼睛里写着他不想做小丑。我猜这个故事的意义是:如果你不想做小丑,就不要穿得像个小丑。或者,换句话说,有时候别人比你更能看透你自己。你可以说你不想做什么,但是,即使你看不透自己,别人也许可以看透你。你可以无数次地告诉别人你不想做小丑,但如果你穿得像个小丑,别人就会觉得你是小丑。这是生活中最令人悲痛的教训。我们固执地想象发生在我们身上的事可能不是真的。这些事情反映了我们内心未能解决的冲突。常常是我们还没发现它们,别人在一里之外的地方就已经一眼看出来了。

就在我采访小丑的那段时间,俄罗斯发生的一切好像都在向全世界表演它的疯狂。有一件事发生在大型书店附近的街角,那里本来就是个有点儿疯狂的地方。在学俄语的学生中间有个笑话,因为这个店名翻译成英文是"一本书之家"。没人能解释为什么这家书店叫"一本书之家"而不是"书之家",但是我们都觉得在苏联时期,书店这么命名很有道理,万一哪天只有一本书可以卖,这个书店就名副其实了。到那时候,要是顾客到书店里发现在售的书不止一本，他们一定会喜出望外。因此，就起了个具有前瞻性的名字。有趣的是，20世纪90年代初，"一本书之家"库存通常极其丰富，里面有许多让人激动的书竟然几便士或者几戈比（它们仍在流通使用中）就能买到。书店里还卖贺卡，上面印着夸张的苏联漫画，有一批上面的插图是身上印着口号的俄罗斯娃娃，上面写着："无法预测的俄罗斯"。那一年，我目睹了俄罗斯可怕的疯狂，常常不知道怎样下笔写下那些事，常常觉得那些事已经超出了理性理解的范围。如果有人明明穿着小丑服装还告诉我，他们不是小丑，我也会点头表示相信他们。有一天，我走路去"一本书之家"附近教英语，看到一辆拉达车[1]的副驾驶位上坐了头熊，我打赌它还系着安全带。唯一合理的解释是这头熊是马戏团的。或许它暂时离开了豪猪朋友，想换个地方休息下、喘一口气。

　　圣彼得堡也蒙着一种好像只有用"无法预测"来描述才合适的气氛，它有时也给人一种不祥的感觉。我们不知不觉间被同化，也逐渐习惯了这种气氛。陀思妥耶夫斯基的作品准确地表达了危险和神奇相融的意境，他利用城市做背景，预示了20世纪人类在心理学层面对自己的无意识和潜意识做出的思考。他的作品里没有坐在拉达车前排的熊，但他却描述了在某些地方发生的本不可能发生的、奇怪的事，很多人自欺欺人地相信那些事永远不可能发生。陀思妥耶夫斯基关注的是那些明明做着小丑的工作但坚信自己不是小丑的人。《罪与罚》的主人公拉斯柯尼科夫就是一个无法解决内心冲突者的典型。他不是拒不接受自己的小丑身份，

1　拉达汽车，俄罗斯汽车品牌。

他拒绝的是自己不能也不敢面对责任的悲惨软弱的形象。他的故事给出警示:如果你不敢面对心魔,不仅会毁了自己,还可能会毁了别人。叶甫盖尼·奥涅金痛苦是因为他觉得自己很强大所以不想承认自己内心的软弱,拉斯柯尼科夫痛苦是因为他对自己的贫穷反应过度。早在心理学界提出"表演压抑的情绪"(表演破坏性的行为,而不是面对难以处理的情绪)这一术语的几十年前,拉斯柯尼科夫已经亲身表演了这种情绪。

1865年,陀思妥耶夫斯基开始创作《罪与罚》,小说中记录了当时的一些政治问题。这些问题中,陀思妥耶夫斯基唯一关注的是"为什么人们变成了心中无上帝的异教徒?"陀思妥耶夫斯基是一个嗜赌成性的赌徒,一个内心十分复杂、十分矛盾的人(我倒是喜欢他这点),一个虔诚的教徒,亲斯拉夫主义者。他还很保守。陀思妥耶夫斯基借拉斯柯尼科夫这个人物提醒读者无神论的存在,这体现了作者心中对俄罗斯的阵地被理性主义者、虚无主义者(反对上帝)的思想占领的恐惧。拉斯柯尼科夫备受折磨的灵魂呼吁俄罗斯守住自己的根,相信上帝,相信斯拉夫之路是一条以善为本的路线。

陀思妥耶夫斯基认为拉斯柯尼科夫信奉的自由是危险的、以自我为中心的。你可能不赞同前面所说的陀思妥耶夫斯基的观点,但它们是合理的。它们和那些反对社会变革的观点不谋而合:"我们不希望看到变化,就这样挺好,那些认为他们有更好的途径建立一个更公正的新社会的人是疯子。"我不赞同这种说法,但知道他们是什么意思。

小说的主人公罗加·罗曼诺维奇·拉斯柯尼科夫(好名字和好父名)是个正在寻找生活之路的大学生。他长得很英俊,也很傲慢。他自视甚高,梦想自己能够做出惊天之举从而改变家族的命运。他的梦想不是无私的,他真正想做的是成就一番不凡的事业。拉斯柯尼科夫认为,无聊的正常人想"维持这个世界,繁衍生息,而出色的人希望影响世界,将之带到梦醒的地方"。我很难控制自己不去想,如果拉斯柯尼科夫有推特账号,他是不是就不需要杀人了。他只消敲敲键盘、留下信息,就可以在那儿实践他的宏伟梦想。你要是可以用恼人的"#"号标签骚扰别人,干吗要去克服自己内心的冲突? 这比追踪并杀死放债人轻松多了。

然而,拉斯柯尼科夫必须面对自己的问题。小说中,他母亲和妹妹过着朝不保夕的生活。他想做个男子汉,"拯救"她们。他母亲的一封信是他罪行的催化剂,或者说,至少是借口。陀思妥耶夫斯基用精妙的手法让拉斯柯尼科夫通过杀死那个放债的老太婆来解决问题这件事显得完全合乎情理。这在《罪与罚》中是给人深刻印象的事儿。这是作者的把戏。正如小说中提到的,拉斯柯尼科夫有"拿破仑综合征"。他觉得自己高人一等,可以做出伟大的事业。他决定通过犯罪来证明自己。

陀思妥耶夫斯基创造拉斯柯尼科夫这个人物时,尼采只有十来岁,但是这个人物身上体现了哲学家后期关于超人(认为自己不是普通人,不受正常的道德束缚的人)的很多思想。陀思妥耶夫斯基想借拉斯柯尼科夫表现人们如果背离上帝会是多么自私、懦弱。他们认为自己无所不能,一切尽在自己的掌控之中,没有必要听从上帝的教导。古怪的是,这和现在流行的心理自助理念颇有相似之处。(我可不是说心理自助书籍鼓励你去杀人,我是说这些书让你自信心膨胀,让你觉得自己可以做出伟大的事业,这和拉斯柯尼科夫的想法没什么区别。)我不认为陀思妥耶夫斯基会赞同现在自助书中流行的无神倾向，他一定十分讨厌畅销单曲《我相信我可以飞》。相信他可以触摸到天空，相信他可以飞得很高，可以穿过那扇敞开的生命之门……这是拉斯柯尼科夫面对的问题。对他来讲，事情可能进展得不太顺利。

一方面，拉斯柯尼科夫受他想杀死老太婆的想法的折磨，还担心自己杀了她后感觉不好（他希望不要这样，但还是害怕）；另一方面，他又担心如果杀不了她，那他可能忍受不了这种挫败感。极度纠结中，拉斯柯尼科夫在圣彼得堡的街上徜徉。随后，他来到了老太婆的房子里，杀死了她，还杀死了她同父异母的妹妹，因为后者目睹了他的罪行。之后，他处于痛苦之中（这可不是超人应有的行为），但他只偷了一丁点儿零碎的东西。就是说，他杀了两个人，一无所图。小说其余部分讲的是他的自我痛恨、忏悔和最终的救赎。

在我看来，这有个瑕疵。如果拉斯柯尼科夫"成功地"谋杀了老太婆后，又"成就"了一番事业，而不是把工作搞得一塌糊涂，故事可能更精彩。他可以还清家庭债务，帮他妹妹躲开一群排队等着娶她的老色鬼。当然，有那么些时刻，他会感觉很糟。可能陀思妥耶夫斯基等不及了，拉斯柯尼科夫还没犯罪，他就急着要惩罚他。对陀思妥耶夫斯基来说，拉斯柯尼科夫一开始就不该生出要杀老太婆的想法。实际上，这部小说的成功源于陀思妥耶夫斯基绝不想承认的一点，他和拉斯柯尼科夫很像。陀思妥耶夫斯基很清楚迫切地需要钱是什么感觉。(陀思妥耶夫斯基去世时已经大获成功，名气很大，他欠的债却还没有还完。)他了解你恨一个人恨得想要杀死那个人是种什么样的感觉(我觉得如果他有机会，屠格涅夫也会死在他手里)。他和拉斯柯尼科夫太过相似,没法在拉斯柯尼科夫身上获得安慰。或许陀思妥耶夫斯基不敢让拉斯柯尼科夫犯罪后获得成功,因为他害怕自己那本来就不是秘密的对财富、复仇和成功的热望会大白于天下。(陀思妥耶夫斯基的自我意识深埋在一层层的自我厌恨中。没人像他那样承受内在冲突带来的巨大伤害。)

陀思妥耶夫斯基对埋在潜意识深处的欲望及冲突的处理,和托尔斯泰对其与安娜·卡列尼娜的关系的处理颇为相似。托尔斯泰本意是通过安娜来表现一种应当受到惩罚的不道德行为。但是因为托尔斯泰对安娜产生了同情,他的计划进行得与预期的不同。同样,陀思妥耶夫斯基想拿拉斯柯尼科夫当例子描述一种可鄙的人。陀思妥耶夫斯基好像是拉斯柯尼科夫肠子里的蛔虫一样,准确地刻画了他内心的想法。两部小说都获得了成功,因为它们极其复杂,也因为两位作家都表达了强烈的抗议。或许比拉斯柯尼科夫明显的古怪更让人困惑的是他的普通。陀思妥耶夫斯基本打算把拉斯柯尼科夫刻画成反常的局外人,可是他却普通得像我们每一个人。他身心俱疲,沮丧不安,还承受着饥饿的折磨。他甚至找到了些控制自己怒气的方法:他需要吃点儿东西来平息他的疯狂。"喝完一杯啤酒,吃过几块饼干后,我开始大脑活跃,思路清晰,意志坚定起来。这些都是多么不值一提的事儿呀。"他喜欢喝些伏特加,吃点点心,然后躺下来休息休息。可怜的人,他不是天性嗜杀,他只是累了,饿了。

和《安娜·卡列尼娜》一样,《罪与罚》来源于一个真实的故事。托尔斯泰有爱吃馅饼的安娜,陀思妥耶夫斯基则有他的主角。1865年8月,莫斯科一个商人的儿子、某个分裂教派的成员格拉西姆·奇思托夫为了洗劫一位妇人,杀害了她两个上了年纪的仆人。事发时间和拉斯柯尼科夫犯罪的时间几乎一致,而且奇思托夫的作案工具也是斧子。就像托尔斯泰把爱吃饼的安娜的名字给了他虚构的女主人公一样,陀思妥耶夫斯基把"旧信仰者"对应的单词根据其读音"拉斯柯尼克"改成了凶手的名字。事发当月的月末,陀思妥耶夫斯基开始创作《罪与罚》这部小说。

最重要的是,陀思妥耶夫斯基希望这部小说是对虚无主义的反击。历史学家罗纳德·辛格利写道,陀思妥耶夫斯基花了很多时间思考俄罗斯到底可以选择走什么样的路。他的思考并不总是明智的。作为富有同情心和爱心的传记作者,辛格利在许多时刻都站在自己的传主这边。尽管如此,他描述陀思妥耶夫斯基时说他是个"神经质、过度敏感、习惯性反应过激、一直都很紧张的人"。如果连他的朋友都这么说,那可以想象他的敌人会说什么了。

决定成为作家之前,陀思妥耶夫斯基过着不同寻常的生活。他出身于一个贵族家庭,是立陶宛贵族的后裔。(具有讽刺意味的是,正是因为这个事实,他更痴迷于做俄罗斯人。我对这种偏执十分理解。)他父亲是个军医,勉强支撑家里中产阶级的生活。他们家有个乡村庄园,但几乎无力维持下去。这座庄园有一百个农奴,他父亲还有继承来的头衔。但是,直到生命的终点,陀思妥耶夫斯基对此一直都十分敏感,和托尔斯泰、屠格涅夫相比,他老觉得自己出身"下层"。我们可以推测出他父母相处得不太好,这有他母亲写给父亲的信件为证,她在一封信里言之切切,确认她丈夫是她马上要出生的孩子的亲生父亲:"我发誓我肚子里的孩子是我们爱情第七次坚固的见证。我对您的爱纯洁、神圣、贞洁、激烈,自我们结婚以后从来就没有改变过。"他的母亲给和自己已经生了六个孩子的人写这样的信，这真的是非同寻常的事。

据说，陀思妥耶夫斯基的父亲是个很有趣的人，他庄园里的农奴不怎么尊敬他。后来，陀思妥耶夫斯基的女儿说她祖父被家里的农奴杀死了，他们"用他马车上的垫子捂死了他"。关于陀思妥耶夫斯基的父亲的死，说法不一：有的说他是被"伏特加"狠狠地呛死了；有的说他是被"庄园的农民用鞭子打死了"；还有的说他"窒息致死，他的部分器官被人用石头砸碎了"。(真是让人悲痛。他到底犯了多大的罪，要受这样的惩罚。)陀思妥耶夫斯基从没说起过这些，父亲去世时，他已经十八岁了，很可能听说过这些流言。这些说法像他小说里编出来的故事似的。拉斯柯尼科夫用斧子笨拙地杀人的做法和这些比起来善良多了。

陀思妥耶夫斯基十六岁时在军事工程学校学习，他觉得这段经历毁了他的人生。他因为"军事演习不称职"而在那儿多待了一年，这助长了他的妄想症和他认为自己注定不如他人的观念。这在他心中酝酿，逐渐生成了一种排外情绪。他二十岁前，已经因为"对非俄罗斯人无法控制的强烈的仇恨"有了名气。陀思妥耶夫斯基请求与他共租的房客"永远不要给他介绍外国人"："我稍稍不小心，他们可能就会设计让我娶个法国女人，那我可就和俄罗斯文学永别了。"法国女人真是很幸运，据说陀思妥耶夫斯基遇到漂亮女人要么晕倒，要么癫痫发作，亏得这样，她们才有机会得以避免成为他"魅力"的俘虏。

同时，他相信写作是他命定的职业。他的第一部小说《穷人》一炮而红，他借此进入圣彼得堡的文学圈，大家称他是"新果戈理"。这对陀思妥耶夫斯基来说并不是件好事,他开始享受由此而来的关注,但很快就和差不多所有和他意见抵牾的人起了冲突。他的第二部小说是《双重人格》。这本奇特的书讲的是一个叫"戈利亚德金"的政府小职员遇到一个和他长得一模一样的人的故事。一开始,两人成了朋友,但是很快那人就开始侵占他的生活。这明显是精神分裂的征兆。人们对这部小说的评论褒贬不一。陀思妥耶夫斯基名气越大,受到的嘲弄就越多,有些批评是屠格涅夫发起的,这给他们日后在国外结仇种下了种子。

奚落陀思妥耶夫斯基的诗一首接一首,纷纷指责他嫉妒果戈理。他古怪、反常的名声很快就传了开来,据说他的面部常常会突发神经性抽搐:痉挛、拧胡子、咬胡子、说脏话。学术圈无数次地讨论这是不是癫痫、抽动秽语综合征[1]或者舞蹈症,弗洛伊德把陀思妥耶夫斯基作为病例记录了下来。他确实为癫痫所苦,曾经写信给他哥哥说他曾多次发病。弗洛伊德觉得这是作家臆想出来的,这是他对父亲去世的反应。

我喜欢陀思妥耶夫斯基作品中的阴郁气氛和黑色幽默,但是你如果了解他的经历,会更深切地感受到他的痛苦。他的小说并非自传,但他所承受的精神痛苦却在他笔下的每一个角色中都有所体现。无法想象他在传奇的一生中承受了多少痛苦。他刚因写作成名,就因"政治密谋罪"被捕。那时,他不到三十岁,穿着死囚的带长袖和头罩的白色长袍,面对行刑队,体验了一场模拟死刑。雪上加霜的是,读死刑判决的人还结巴。最后一刻,沙皇开恩,赦免了一批死刑犯,陀思妥耶夫斯基被判在西伯利亚服四年苦

1　一种神经内科疾病,其表现为面、颈等部位迅速地、反复不规则地抽动,同时,喉咙内发出各种奇怪的声音。

役。不要忘了，这一切的经历者的癫痫症状已经非常严重，精神很不稳定，或者往最轻的说，他的神经十分敏感、脆弱。

陀思妥耶夫斯基想告诉世人说俄罗斯病了，俄罗斯需要回到根部去吸取营养。他早期的乡村故事预示了他未来的观点。在西伯利亚的监狱服了四年劳役，在军队待了一段时间（他十分痛恨），陀思妥耶夫斯基和一个暴躁易怒的女人结了婚，她无法忍受不时癫痫发作的他。后来，陀思妥耶夫斯基写到她："她和我在一起过得很不幸，她古怪，恶毒，想象力好得到了病态的地步。"

这明显都不是让读者心情愉快的故事。陀思妥耶夫斯基年轻时就是个爱愤怒的人。初到圣彼得堡，他给和哥哥合办的杂志写稿。口气和内容都是极端民族主义者的。他写道，和其他国家的人一样，俄罗斯人从来不生气。俄罗斯人说各种语言。他还说，俄罗斯人从不吹嘘自己。（我可以证明上面说的关于俄罗斯人的事儿没一件可靠，关于其他民族的事儿，也没一件可靠。）不过，他们有可能是《星际迷航》里的某种生物。但是，说俄罗斯人从不生气的说法是绝不真实的。在俄罗斯的亲身体验告诉我，俄罗斯人特别爱生气。我猜，陀思妥耶夫斯基是个爱国者，这对他来说很有好处。他不断声明自己的身份，这给他蒙上了一种悲哀的色彩，也让我想到了自己疯狂的执念。我要像阿赫玛托娃那样读诗，我曾几个月不说英语只说俄语，就为了更"真切地体会做俄罗斯人的感觉"。这是一个没有真正面对内心冲突的人的执念。陀思妥耶夫斯基身上，鞑靼人、立陶宛人、白俄罗斯人、波兰人的血液在撕扯，但他还坚持认为自己是"俄罗斯人中的俄罗斯人"。现在你明白我说的那个"自欺欺人的真正小丑不想做小丑"是什么意思了吧？

　　所有关于他的描述都会让你这么想，"哦，费佳，你做了什么？"（费奥多尔的小名？说对啦。）这是那个写了小说《白痴》，然而频繁地犯无意识的错误，给自己带来伤害的、像个白痴一样的人。他可能热爱俄罗斯，但他不爱那些在西欧遇到的俄罗斯人。他在给一位朋友的信中写到他和赫尔岑的相遇："……我们的知识分子。多么可怜的因虚荣而膨胀的人渣！废物！"一次伦敦之行，他觉得杜松子酒、煤烟和妓女让他恶心。他尤其讨厌水晶宫。惊讶之下，他离开了伦敦，去了巴黎，他更讨厌那地方："天哪，法国人让我觉得恶心。"我认为他在爱女人的过程中得到了一些快乐，尽管积极的感情对他来说很难。和第一任妻子举行婚礼后，他一连四天癫痫发作。然而，他的第二任妻子，安娜·格里高利耶夫娜·斯尼特金娜是个天使。有人介绍她做他的小说《赌徒》的速记员。初次相遇，她看到的他"古里古怪，疲惫不堪，筋疲力尽，体弱多病"，他穿着一件满是污渍的夹克。（唔，理想的初次约会场景。）因为她的速记能力很强，这部小说得以在二十六天内完成。小说完成那天，她穿着一件"丝质的淡紫色长裙"出现，他觉得她很有魅力，禁不住面红心跳。三个月后，他们结婚了。

　　但是，陀思妥耶夫斯基始终还是陀思妥耶夫斯基。他每天早晨在张口和人说话之前就已经喝掉了两杯咖啡。（可以说，这已经是他最不令人反感的习惯了。）第二任妻子说她只能打扮得像个"比她自己的年龄大一倍的女人"，原因是别的男人看她，陀思妥耶夫斯基会嫉妒。他们不断地陷入债务中，一部分原因是陀思妥耶夫斯基得资助他的家人，另一部分原因是他嗜赌成性。因为大衣冬天里还在典当行里押着这类事儿，夫妻俩常常吵架。为了躲债，他们去欧洲旅行（这样他才有了和屠格涅夫辩论的可能）。他们在国外时，陀思妥耶夫斯基的自我欺骗能力能让人吓掉下巴。有次，他把妻子那件淡紫色的长裙连带珠宝给典当了：胸针、耳坠、婚戒、皮毛大衣、披肩。他说他们的欧洲生活，"比在西伯利亚的还糟"。

但是，旅途中的陀思妥耶夫斯基还是很快乐的。赌赢了，他会给妻子买花，买水果，有次还给她买了她喜爱的食物：鱼子酱、越橘、法式芥末酱和一种可吃的真菌（松乳菇）。世界上没有第二个丈夫能在德国落后的温泉疗养城市发掘出这些美味。

陀思妥耶夫斯基的欧洲之行被当时发生在日内瓦的一起事件笼上了阴影：他们的女儿索尼娅的死亡。她在三个月大时死于肺炎，那是在他们举行婚礼一年后。陀思妥耶夫斯基悲痛欲绝："人们安慰我说我们还会有其他的孩子。但是我的索尼娅在哪里？那个小可爱在哪儿？她要是能活过来，把我钉死到十字架都行。"后来，他们又生了三个孩子，儿子阿历克谢遗传了父亲的癫痫，三岁时癫痫发作，两小时后也离开了这个世界。但不管怎么说，家庭生活给陀思妥耶夫斯基带来了一些小小的安慰：孩子们生病时，他喜欢给他们买礼物，照顾他们。

有很多理论解释了陀思妥耶夫斯基和女人的关系。有人说他对女人有恨意，潜意识觉得她们是他不幸的源泉。他没去典当第二任妻子最喜欢的长裙时，他是真的爱她。他在德国享受温泉疗养时曾给她写过一封信，说到他梦到她"性感的样子"，结果导致了他的"夜间活动"。这么说的话，我很好奇陀思妥耶夫斯基的问题是不是他不允许自己享受生活，可能没有进行那么多他可以进行的夜间活动。如果没有别的事儿可做，我们都需要夜间活动来缓解内心的冲突。

他爱自己的母亲,随身携带她的小画像,一个天使的翅膀上刻着"我的心中充满爱意/你什么时候和我一样?"他在童年时期有很多幸福的时光。他全家一起看过一场表演:一位高空秋千演员装扮成一个"巴西类人猿"。(我不知道他们怎么知道那个类人猿是巴西的。或许它在喝凯匹林纳鸡尾酒。)小费佳回到家,"做了几个星期的类人猿"。(我愿意花大价钱去看这个。)他父亲很冷酷,但在母亲那儿,他可以得到一些安慰。

但是,关于陀思妥耶夫斯基对女人的态度,主要不是从他的传记细节中发现的,而是从他对书中女性角色的处理中推测出来的。他笔下的女性人物和托尔斯泰的很不一样。托尔斯泰笔下的女性人物和其男性人物一样,有着丰富的内心世界,有感情,有思想;陀思妥耶夫斯基笔下的女性人物只有在和男性的关系中才有存在的意义,所有饱受痛苦折磨的主角都是男性。《罪与罚》中,拉斯柯尼科夫的问题很大程度上是女人带来的:他不想让母亲和妹妹蒙羞。他的"拯救者"、倾诉对象是索尼娅·马美拉多娃。尽管明知他犯了罪(他杀了放贷人老太婆和其同父异母的妹妹),她还安慰他。索尼娅存在的价值仅在于做拉斯柯尼科夫的"治疗师",给他机会讲述发生的事件以表达忏悔之意。陀思妥耶夫斯基并不擅长在虚构的世界给人提供治疗方案,但这次却是一而再再而三地让她出场安慰拉斯柯尼科夫:对着倾听者(通常是个女人)说出自己真实的想法是缓解内心痛苦的有效途径。要是生活在可以通过上网来倾诉的今天,他可能会幸福得多。

托尔斯泰乐于通过个体经历体现普世经验,陀思妥耶夫斯基则比较以自我为中心。这不一定是坏事。用两种视角看生活很有好处:史诗视角和内在视角。有一种理论说要么你是托尔斯泰式的人物，要么你是陀思妥耶夫斯基式的人物。我有次遇到俄国小说家鲍里斯·阿库宁，他写夏洛克·福尔摩斯式的小说，故事主角是个19世纪的侦探。他问我的第一个问题是，"你是托尔斯泰党还是陀思妥耶夫斯基党？"我不知道该怎么回答，因为两个我都喜欢，只是喜欢的原因不同，但我怕这么说显得我犹豫不决。于是我回答"陀思妥耶夫斯基党"，又心虚地补了一句"其实我都可以"。他是托尔斯泰党。

以赛亚·伯林在他的散文《刺猬和狐狸》里对同一问题提了另一种说法。这是个人人都好奇的问题，"我是只刺猬还是只狐狸？"伯林没想让大家把这个问题当真。但是喜欢分类是人之本性，人们都想知道自己到底属于哪一派。陀思妥耶夫斯基是只刺猬，希望通过一种单一的理念或者重要的信条来解释这个世界。没有人，即使是伯林也不能解释，对于陀思妥耶夫斯基来说，这个理念到底是什么，但我觉得可能是"相信上帝（或者俄罗斯），否则你就会死，异教徒"。伯林引用古希腊诗人阿尔齐洛科斯的话写道："狐狸的事很多，而刺猬只知道一件重要的事。"狐狸接受生活中令其困惑的多个层面，接受生活的多元性。没有统一的人生原则，人生是多种多样的。伯林的结论引人深思，伯林说托尔斯泰直到生命的终点都很痛苦，是因为他盼着做一只刺猬，可他归根结底是一只狐狸。他的宗教信条要求他做"刺猬"，他的本能驱使着他做"狐狸"。他杀死了心中的"狐狸"，因为那违背了他的宗教信条。可怜的狐狸。我要哭了。（顺便说一下，我不知道那个内心不是小丑的小丑会怎么理解这个。不管什么哲学含义，我猜他会是刺猬组的。）

这些都是什么意思？ 我认为这意味着接受自身的矛盾，接受这个世界的矛盾会让我们内心得到安宁。当然，这要看你是否能够超越自己内心的矛盾，看看外面的世界。如果你接受这些，或者至少愿意看看这些，就是狐狸派的；如果你无法接受，只接受那唯一的重要的信条（比如"我们必须侍奉上帝"），就是刺猬派的。根据伯林的分析，刺猬受的罪注定要比狐狸受的多，因为它们希望所有的事（所有的人）都符合一种模式。这和陀思妥耶夫斯基的执念相吻合，因为他固执地认为俄罗斯应当照他认定的路线走。托尔斯泰则查看俄罗斯正在走的路线，仔细分析其是否合理。两者根本的不同在于一个是决断型的，一个是开放型的；一个和内心的冲突和平相处，一个无法忍受内心的冲突。于是陀思妥耶夫斯基去赌博，抱着包裹去典当妻子心爱的淡紫色长裙。

听起来似乎很容易就能做出抉择。很明显，一个接受多种可能的开放的人远比一个有决断力的人要幸福得多。但它没有看起来这么简单。相信单一的原则（刺猬）远比生活在不确定和矛盾的可能性中（狐狸）更吸引人。托尔斯泰希望自己像陀思妥耶夫斯基那样做个刺猬。他试图对他自己的一切做出判断，希望不断提升自己，遵守一种统一的制度（和一个具有判断力的上帝）。但是这并未让他感到幸福，因为他在内心深处始终是个多元主义者，正如他在《安娜·卡列尼娜》和《战争与和平》中呈现的那样，他相信是许多有着不同信仰的人一起组成了这个世界。狐狸具有共情心，能够体会别人的思想和感情。刺猬却这么想，"为什么不是每个人都想得和我一样？"

《罪与罚》是黑色的，也是有趣的，其中有令人黯然神伤的部分。伯林认为那是因为像陀思妥耶夫斯基这样的刺猬，从来就没有真的使自己相信事情就像他所理解的那么简单。拉斯柯尼科夫不是完全邪恶的。或许他一点都不邪恶，只是精神出了问题。我们同情他，但不应该认同他，然而我们和他一致认为："你到了一个临界点，如果不超过它，你就不会幸福；但是如果超过了它，你会更不幸福。"拉斯柯尼科夫犯的罪就是这样。他觉得只有这么做，他才是完整的自己，即使知道这么做自己就完了。如果他不这么做，也不会被拯救，因为他将继续自己的不幸。生命中许多事都是这样，不仅仅是非得做出是否要谋杀一个放债的老太婆这样的决定。虽说拉斯柯尼科夫是个谋杀犯，但我们还是喜欢他，因为我们理解他的痛苦。

陀思妥耶夫斯基1879年的一封信中有这么一句话概括了这种视角的悲哀："生命是一场荒诞的游戏，当内在有意义时才显得崇高。"有时确实如此。但是只有当我们从"内在的重要性"转身，转向和他人建立关系时，生命才有意义。陀思妥耶夫斯基对人类的心灵有十分透彻然而有时又令人不安的洞察力，而托尔斯泰对人类的境遇充满同情。我们的做法应该是综合两者，这是两位以不同的方式承受煎熬的作家在他们的有生之年不曾做到的。

我沉浸在热爱俄罗斯的小小的自我的世界里，太以自我为中心，以致看不到像拉斯柯尼科夫一样迷失了的自己。刺猬式的严重的自我沉陷并不好，对任何人的健康都无利。在圣彼得堡的那一年，我相信我注定是个俄罗斯人，会嫁给我的乌克兰男友，拥抱我的名字所揭示的命运。那一年，我活得像个土生土长的俄罗斯人。好的一面是，我的俄语学得很好。

坏的一面是，我变成了一个完全不同的人。有时候我自己都觉得很陌生。内在的冲突压得我喘不过气来。不过，当时的我并不明白这些。

有一次，我搭电车从我教英语课的地方回去。我很少坐电车，因为等车需要很长时间，我总是很快就失去了耐心，所以常常走路回家。那天的我很累，决定坐车回去。电车终于到了，我对面坐着一个面色苍白、略显病态的中年女性。她看起来情绪很激动。电车空荡荡的，但我们座位周围至少也有十来个人。我观察他们的脸，想看看他们是否注意到了她。他们注意到了她，但没有任何行动。我们都在等着看会发生什么。红灯时，她开始控制不住地抽搐，口吐白沫。仿佛时间静止了。有人告诉我不要让别人看出来我是外国人，否则，我会给自己和他们带来麻烦。当时，俄罗斯街上的外国人还不多，你出去时，最好不要让人注意你的外国身份。当时，我的俄语可能会暴露我的身份，我没法冒险做任何事。再说，我能做些什么帮助这个女人呢？她的身体一直在抖，一直在流口水。她眼睛翻了上去，露出了眼白。这种状态大概持续了几秒钟，但感觉像几小时那么久。交通灯变换，电车继续前行。两个男人站起来，提醒司机停下，拖着她下了车。我坐在那儿，什么都没有说，什么也没有做。我觉得她一定死了。我在下一站下了车，忘了这些事。

我已经活得像个当地人了。不，我比本地人还本地人。我专注自己内心的冲突，我坚持让自己无时无刻都像个俄罗斯人，我不知道我是谁。我失去了自己的身份，也失去了人性。我不再是一个有着伟大想法的刺猬。我不再是一个假装自己不是小丑的小丑。我是百分百的豪猪。我被困在了隧道深处。

VII

如何接受令人失望的现状

《三姊妹》

或：不要老是憧憬到不了的远方

《万尼亚舅舅·三姊妹·樱桃园》，契诃夫著，焦菊隐译，上海译文出版社，2014年。

"我夜夜梦见莫斯科，把我整个都想疯了。"

　　我常常觉得我生命中最痛苦的事是老觉得山那边的草更青。这是两件事联合导致的结果。我觉得人家都比我强；我还觉得我要是在别的什么地方，一切都会更好（我知道这很傻，但我这次是诚实的）。这种思维方式的风险，有两句俄罗斯谚语已经断定："追着两只兔子跑，一个你也得不到"和"太阳光一照，月亮就不要"。或者像当我要吃第三个果酱馅饼时，我祖母说的话（有三种口味，我还没试柠檬味儿的），"不要太贪心"。

　　我们都理解这种感觉，别人都比我们过得好。这是"要是怎样就好了"综合征。你要是在别处而不是在这儿多好；你要是得到这份工作，而不是这份工作被你讨厌的那个女人得到多好；你要是能同时在两个地方出现多好。即使是开心的时刻，我们也会这么想，"一切都很好……不过要是现在在巴黎一处公寓的阳台上，能看到圣心大教堂的美景是不是更好？"或者像俄罗斯人说的，"那些我们不在的地方的生活总是更好些"。这些话用十分坚决、让人郁郁寡欢的语调说出来，可能是自古以来最好的俄罗斯谚语。人类的存在中还有比这更宿命的想法吗？

　　问题是，无论我们有多好，别处的青草总是更青。契诃夫的剧本《三姊妹》对这个主题做出了精彩的阐释。这部剧里，三姊妹生活的目标是回到莫斯科，她们孩提时代待过的地方。对莫斯科的渴望体现了她们对当前生活的态度，代表着对更美好的未来的向往，现在的生活不是她们想要的。她们想要回到莫斯科，莫斯科，莫斯科。她们说了又说。但是她们真正想要的是那个非此处的彼处。这听起来似曾相识吧？

人性如此，故皆作此想，人性也一直如此。这么说也许说得通，现代人中，这种感情变得更加剧烈以至于难以忍受。毕竟，一百多年前，我们的人生角色都是天定的。命运有阴晴圆缺，无论接受与否，人多多少少都受制于出生时的环境。你可能渴慕某种生活，但再无机会抵达它。回到过去，你照样继续被彼处的意象、彼处的信息所扰。若在今天的世界，三姐妹可能密切关注着照片墙（Instagram），浏览两千六百万个标签中的任意一个，以绚烂的彩色照片赞美莫斯科人的幸福生活，她们时刻不忘更新动态。谁知道呢，或许这歪打正着，打消了她们去莫斯科的念头。当然，这也可能让她们对莫斯科更加向往。

契诃夫的智慧在于他捕捉到了他写作的时代正在发生的社会变迁：人们开始有能力干预自己的生活，如突破所属的社会阶层，冲破性别藩篱等。我觉得剧本叫"三姊妹"而不是叫"三兄弟"很重要。如果是"三兄弟"的故事，他们可以去莫斯科，并且住在那儿，这部剧的场景可以设在莫斯科，那样就会是个很短的故事。（在契诃夫的时代，男性在改善生活处境方面的能力远比女性强。）在渴望到达身体到不了的远方这件事上，我们现在的态度已经发生了变化。当然，嫉妒和懊悔是自然的感情，历史上也没有人可以让自己的一切愿望都得到满足。我们现代人这么想是因为我们知道这样的事实：我们曾经做出的决定对我们的此刻发挥作用。我们拥有选择。如果想去莫斯科而没去，我们只能怪自己。

契诃夫剧中的三姊妹就不是这样。她们对自己的生活没有充分的决定权。但她们已经比上一代女性多了更多的自主权，或者可以说责任已经开始重重地压在了她们身上。《三姊妹》里，伊里娜、玛莎和奥尔加除了想去莫斯科以外，什么都不想要。或者准确点说，伊里娜（最小的）和奥尔加（最大的）渴望去莫斯科。奥尔加想去重新找回昔日的荣光，伊里娜想抓住崭新的未来。对去莫斯科这件事，玛莎不那么在乎。她只想离开她那个噩梦般的、满口拉丁语的丈夫，和娶了个喜怒无常、有自杀倾向的太太的军官威尔什宁谈谈情说说爱。

这部剧并没告诉我们故事发生的具体地理位置。我们知道它一定是距莫斯科不太远的某个外省城市。契诃夫没必要费笔墨说明故事发生的具体地点，因为这很明显是"外省"。但我也觉得他是故意为之。他们的具体位置对故事的影响不大。对她们在哪儿的回答是："莫斯科以外的某个地方，不在她们向往的莫斯科。如果我们不在莫斯科，谁还在乎我们在什么地方？"契诃夫明白，我们缺失的东西远比我们拥有的东西更能解释我们。这是个十分可悲的、被动的发现。但是契诃夫认真对待它，同情它，同时也意识到这让我们看起来很可笑。我们永远到不了莫斯科。我们永远也看不到我们现在生活的地方正被幸福环绕。

剧本开篇的重要演讲让我们知道，奥尔加将莫斯科作为心之所向的地方。"可是我记得还很清楚，莫斯科一到五月初，就是现在这个月份，已经什么花都开了……"她对莫斯科的激情很是奇怪。她已经二十八岁了（像屠格涅夫一样，特别强调了人物年龄），十七岁时就离开了莫斯科，但到现在还将莫斯科称为"家"。读者很容易看到她真正渴望的不是莫斯科，而是十七岁时的年华，那充满可能的一切都尚未发生时的年华，而不是现在可能嫁不出去的近三十岁的女人的生活。

伊里娜对莫斯科的喜爱更是没有道理。她们离开那儿时，她才八九岁。她为什么喜欢莫斯科？可能是她受了奥尔加负面情绪的影响，又亲眼看到了玛莎令人失望的婚姻。并且，她们的哥哥安德烈娶了个讨人厌的妻子，过着庸俗无聊的生活，也没有实现自己曾经的梦想："我最大的希望，充其量也不过是当上一天委员罢了……我这个每天夜里梦见自己当上了莫斯科大学教授，成了全俄罗斯引以为荣的著名学者的人，却只能当一个地方自治会议的委员啊！""到莫斯科去吧，到莫斯科啊，到莫斯科"的呼声背后隐藏的意思是："请不要告诉我这就是我的人生，一定有更美好的生活在别处等着我。对吧？"或者说："求求你，让哪个人把我从噩梦般的家人和朋友身边带走吧！"我们明白了，山那边的青草总是更青。

无论是从字面义还是比喻义上来说，《三姊妹》常常被视为一部关于"隔绝"的作品。姐妹们认为她们生活的地方隔绝了她们与世界的关系。其实，她们在感情上也是彼此疏离的，她们评判着自己的姐妹和哥哥的人生选择和态度。人人渴望的"彼处"在契诃夫笔下是一个你彻底远离了评判的地方；在那里，你永远感觉不到忧伤和孤独；在那里，人人爱你；在那里，你实现了自己的梦想。谁不想抵达这样的地方？有的话，我马上就订一套分时使用的度假房。（订分时度假房是因为我觉得自己忍受不了一直住在那儿。你需要时不时地放松下自己的神经，否则真的会疯掉。谁当真以为可以得到自己所求的一切？）

对莫斯科的执念一直都在。安德烈说:"在莫斯科,你即使是在一家大饭店的大厅里,那里的人你一个也不认识,别人也不认识你,你也并不感觉到自己是个陌生人……可是在这里呢,正相反,你谁都认识,谁也都认识你,你却依然觉得自己是个陌生又陌生的人……"现实人生——此处的生活,真真是让人失望。但是,彼处的生活……给人带来无限安慰。伊里娜说:"我想要的,我希望要的,这里都没有。啊,上帝啊!我夜夜梦见莫斯科,把我都整个想疯了。"上了年纪的农民费拉彭特知道真相。他说莫斯科有个人一口气吃了四五十张煎饼,把自己给吃死了。(我特别想去现场看看。)

这部剧里的人物都没有生活目标。几个农民伺候着他们,给他们拿吃拿喝的,给他们讲有人比赛吃煎饼吃死了,而他们却在昏昏欲睡的状态下无精打采地无病呻吟,漫不经心地嘟囔着做"工人"有多好:"做一个工人,天不亮就起来到大路上砸石头去;或者做一个牧羊人,或者做一个教儿童的小学教师,或者做一个开火车头的,那可都够快活呀……就是只做一头牛或者做一匹无知的马……也比做一个十二点才醒,坐在床上喝咖啡,然后再花上两个钟头穿衣裳的年轻女人强啊!啊!那多可怕呀!"契诃夫想通过戏剧表现他滴血的心。

威尔什宁在这部剧中代表了契诃夫的声音。他明白幸福总是在天边。我们需要努力走向它,但一旦接近它,它又会移向更远的地方。因此,回到莫斯科不是一劳永逸的解决方案。威尔什宁说过一个故事,有个囚犯在监狱里注意到了天空的飞鸟,但是他一获得自由,就再也不会去理会那些飞鸟了;寻找梦想,将自己连根拔起,迁移到向往的地方不是解决问题之道。"等你住在莫斯科,也就不会去理会它了。我们的幸福是不存在的,我们只能向往幸福罢了。"(威尔什宁身上还带着契诃夫的黑色幽默。在这番睿智的、极富哲学意味的发言后,威尔什宁说:"我的太太又服毒了。我非回去不可。我要偷偷地溜走。"这几乎是英国人的做派,我喜欢这个插曲。)

《三姊妹》中最为黑暗但又最为好笑的场景在第三幕,一场巨大的、危险的火烧了起来,火警钟声大作。生命处于危险之中,戏中人物在谈什么?莫斯科曾经经历的一场大火。确实如此。不过,这场火起了警醒作用,把伊里娜拉回了现实:"莫斯科,我们是永远、永远也去不成了……我看得很清楚,我们是去不成了……"虽然过了一会儿,她又哀求奥尔加带她们去那儿。

莫斯科的重要性不仅在于它代表了一种更为美好的生活,它也是一场共有的梦。幻想只有在有人共享时才能起作用。三个人互相支持,她们仨没有谁站起来挑明了说:"好了,不要再胡思乱想了。去莫斯科的事儿永远也不会发生。"幻想将她们紧紧地联系在一起,给她们的生活提供了一种方向感。从这个角度来看,对莫斯科的向往不是一件坏事儿。它是人们共同享有的希望,一切都会变好,一切皆有可能。你可以从这里获得的人生经验是:为了幸福,你无论幻想什么("我需要去莫斯科!""我需要涨薪水!""我需要买更多的鞋!"),只要有人和你一起,你的幻想就会更有力量。

到第四幕时,情况变糟了,这是唯一一没提到莫斯科的一幕。我们不知道莫斯科代表的是希望还是幻想。无论是哪一种,"莫斯科"作为一个意象在剧终之时消失了。最终的灾难降临在伊里娜身上,对她来说,她承受的打击比奥尔加的更大。"我快二十四岁了。自从我工作了这些年,我的脑子就空了,人就瘦了、老了、丑了,可是得到了什么报偿呢?一点也没有,一点也没有啊……我已经处在绝望之境了,而我却不明白我为什么还活着,我为什么还不自杀。"开心起来吧,伊里娜。

在我看来,《三姊妹》中穿插的一些情节暗示了,这个"可怕的"不是莫斯科的地方没有我们想的那么糟糕。契诃夫乐于在他的作品里说吃的、喝的。这些吃的、喝的可都是美味佳肴:白菜焗鹅、高加索洋葱汤、鸡肉汤(格鲁吉亚美味)和香槟。(像契诃夫一样,我也想列出格瓦斯,但格瓦斯太恶心了,我就不列了。这是用黑麦面包做的一种发酵饮料,你去想吧,黑麦面包发酵做的饮料能是什么好味道。它就不配和香槟放在同一背景下。)你的餐桌上若有这些东西,你还需要去莫斯科吗?毕竟,契诃夫是位喜剧艺术家,你会不由自主地猜他是在提醒你,姐妹们对莫斯科的渴望是第一次世界大战前后流行的现象。

纳博科夫曾说契诃夫故事的基调让人联想到"居于旧篱笆和低回的云之间的颜色"。这绝非赞美之词,但准确地说出了契诃夫的特点。如果陀思妥耶夫斯基的故事是斧头上深红的血色,契诃夫给人的印象则是起着泡泡的洗碗水的颜色。这不是在贬低契诃夫。契诃夫喜欢提出建议,他想唤起读者的情感,他不爱说教。他热衷描写琐碎的日常生活场景。他不去处理宏大题材,不去描述影响历史进程的事件。如果说托尔斯泰是在纸页上创造歌剧,契诃夫则是在完成一幅难度很大的拼图。

弗吉尼亚·伍尔夫认为,你只有在契诃夫的故事里才能看到关于生活的精确的描述。她写自己读译文的经历，记录了读者在体会原著与译文并建立联系时的心路历程。当作为读者的我们和作者的价值观不同时，我们干吗欺骗自己说能够理解故事的含义呢？阅读用非本民族语言写就的作品时，读者失去了阅读母语作品时享有的"悠闲"心境，"自我"时时出来干涉，而伍尔夫认为这种"悠闲"和"自我消失"的心境对于理解文本而言至关重要。伍尔夫把俄罗斯作家描述成了在经历了地震、火车事故或者诸如此类的灾难后，那些被剥去了衣服、失去了风度和个性的人。这是我们读译文时的真实感受。我们为什么要假装读懂了呢？

伍尔夫说，契诃夫超越了这一切。她认为契诃夫描述事物的方式非同寻常。他直截了当，不加修饰，读者最初的反应是震惊，是困惑："这有什么意义？他为什么写这样一个故事？"有时，他的故事没有意义，没有明确的开头、过程或者结局。他常常在结束时表现得模棱两可，给人故事仍未完结之感。"人既是圣人又是恶棍。我们既爱又恨。"她说这才是真实的生活。山那边的青草未必更青。那里和我们这里一样糟，也一样好。

契诃夫的作品常常直抵事情的本质：简单，直接，人性化。他成为医生并非偶然。早在成为有史以来最出色的短篇小说家和剧作家之前，他在医学院接受训练。他的家庭并不富裕。在他快到接受医学训练的年龄时，他父亲损失了很大一笔钱，安东·帕夫洛维奇不得不赚钱养家。（快速测试：他父亲叫什么？对，帕夫。我有一阵子不说父名了。）契诃夫这段时期的赚钱营生之一是养金翅雀去出售，他的另一个营生是给报纸画简笔画。他做作家越成功，他的医生生涯对他写作的影响就越明显：到他生命的终点时，他已经刻画了上百位医生的角色。

或许是受过医生职业训练的缘故，契诃夫是个乐观主义者。或者说尽管受过医生职业训练，契诃夫依然是个乐观主义者。我前面提到的几位作家在人生中几乎都有过绝望的时刻，有时候他们还陷入了虚无的境地。相比而言，契诃夫是他们中间的一缕清新的空气。照说，他不应该如此达观。他的家庭状况十分悲惨，其父有暴力倾向。契诃夫曾经哀怨地说过，虽说他的童年也有过一些快乐时光，他在"大大的、荒凉的园子里"抓过金翅雀，但他经历了"没有童年的童年时代"。

契诃夫的父亲不是一个让人愉快的人，虽然他有可能是故意让自己显得有威严的。他在街角经营一家卖日用品的小店铺。他自己制作芥末酱，喜欢鱼子酱。他家里有人说过，有次他在一桶准备售卖的食用油里发现了一只淹死的老鼠。他让牧师祷告了一下，照样卖了出去。契诃夫的哥哥尼古拉讲过，他们四兄弟挤着睡在厨房旁边的一个房间里，常常会闻到葵花籽油的臭味儿。

契诃夫写道，五岁之前，他每天醒来想到的第一件事儿通常是"我今天会不会挨揍？"他愤愤不平地说，挨打后，他还不得不吻揍他的那只手。他在1892年的一封信中写道："我现在回忆起我年幼时的那些日子，还是余悸犹存。"他怕的不仅仅是要挨打，他更怕他父母让他参加教堂组织的活动，强迫他去唱诗班唱歌。这么做的后果是，他刚一有些思考能力时就变成了个无神论者。

无论以前发生过什么，他成名了，他非凡的才华引起了世人的关注。契诃夫从很小的时候起就对写作和演戏感兴趣。十三岁时，他常常粘上胡子，戴上假眼镜去剧院。他组织成立了家庭剧院，自己扮演果戈理小说

《钦差大臣》里的市长，针织衫外面绑了三个枕头做他的表演服装。（这不像陀思妥耶夫斯基一连几个星期扮演巴西类人猿那么刺激，但是我还是挺喜欢这个故事的。）

在所有的俄罗斯作家中，读者最容易与契诃夫产生共情。也可以这么说，他是个最不像作家的作家，继续做医生给人看病，还常常免费招待穷人。或许这么说很不好，契诃夫这么一个慷慨大方的快乐灵魂，常常用积极的态度看待人类境遇的一个人，竟然只活了四十四年（当时已经罹患肺结核数年），而小气、让人不愉快的托尔斯泰却有将近两倍于他的寿命，并用自己的后半生发展了一种关于"人类存在"的十分悲观的观点，想想这真让人悲伤。如果你相信命运，看看契诃夫的人生，你一定会觉得托尔斯泰临终前的做法是对的：生活是任性的、可怕的，好人不长寿，祸害遗千年。任何《智慧历书》都解释不了这些。

在那些有资格怨恨命运不公、嫉妒别人的好运气的人中，契诃夫是不二人选。1897年3月的一个晚上，他正和他最好的朋友、编辑苏沃林在圣彼得堡的隐逸餐馆吃饭，突然口中流血不止。他的肺结核突然变严重了。没有牢骚满腹，也没有愤愤不平，他继续写作，写出了不少至今流行不衰的作品。他当时三十七岁，还有七年的生命，在这段时期里，尽管疾病不时给他带来巨大的痛苦，他还是创作出了《万尼亚舅舅》《三姊妹》《樱桃园》等出色的作品；那时，他不再接诊，除了偶尔给自己治治，这让他很不开心，因为他很享受自己的医生身份。我们看看他怎么给自己治的吧："吸杂酚油蒸汽"和"热敷药膏"。很快，他开始使用"马奶酒疗法"。（马奶酒是由发酵奶制品做成的饮料。对这位病入膏肓的作家来说，这种奶制品的配方并不健康。还有，朋友们，不要再让任何东西发酵了！恶心死了！）确诊那年，契诃夫在雅尔塔附近买了块地，为了自己的健康，他在克里米亚住的时间越来越长。据说那儿的气候对他的健康有利，但他并不开心。1900 年，他从克里米亚寄出的一封信里说："我过着不完整的生活。我喜欢喝酒却不能喝。我喜欢噪声，可我听不到任何噪声。一句话，我现在像一棵被移植的树，一边扎着根，一边开始枯萎。"

他经常给托尔斯泰写信，两人还有过几次碰面。契诃夫喜欢托尔斯泰的作品，但不喜欢托尔斯泰对宗教的过度虔诚。（看到没？"虔诚"的意思是托尔斯泰想变成一只刺猬。契诃夫显然是一只狐狸。他接受一切，喜欢多元化。他长得也有点儿像狐狸。）作为回报，托尔斯泰喜欢契诃夫这个人，但是觉得契诃夫对自己的意见不够坚持。他俩第一次会面是在托尔斯泰的庄园里，契诃夫前去拜访时发现，这位前辈作家在池塘沐浴时将全身泡在水里，只有胡子在水面上漂着。他们聊天时，托尔斯泰在水里转来转去。后来，托尔斯泰表扬契诃夫的"真诚"，认为他创造了新的作品形式。他们俩仅有的几张合影中，两人看起来不像是能做朋友的一对，契诃夫穿着不合体的黑西装，胡子精心修剪过，戴着一副角质架的眼镜；而托尔斯泰穿着及膝马靴，农民常穿的罩袍，戴着一顶白色的牛仔帽。有一张照片上，托尔斯泰攥着拳头，直直地看着契诃夫的眼睛，而契诃夫的肢体语言透露着他内心的懊悔，像个小男生一样盯着地面。托尔斯泰应该是最虔诚的角色，而契诃夫倒像个可疑的圣人。

一次，托尔斯泰和契诃夫道别后，又对着他耳朵低声说："您知道的，我还是不能忍受您的剧本。莎士比亚写得很糟，而您写得更糟。"契诃夫没把他的批评看得太重，但是听了托尔斯泰对他作品的评价，觉得"有趣、愤怒"；他说托尔斯泰还加了句"我跟着你的人物都去了什么地方？客厅的长沙发，然后再转回来。你的人物没有别的地方可去"。

契诃夫临终病榻边发生的故事才叫传奇。医生让他吸氧，但契诃夫在意识到要等氧气送过来前就已经离世了。他说不如来一杯香槟。"我很久没碰过香槟了。"他慢慢地品着，身体侧躺，展开，安静地离开了。他妻子奥尔加当时和他在一起。有一则根据她的讲述展开的故事："一只大黑蛾子……像旋风一样冲入房间，拼命撞上正在发光的电灯，之后又在房间里乱飞。"还是那天晚上，香槟的塞子砰的一声从还有一些酒的瓶子里弹了出去。我不在乎这些细节是否真实。（有人说是真的。）我希望这些故事是真的，因为这很像契诃夫剧本里的情节。

契诃夫是个斯多葛主义者。在另外一个时代，他可能走近了禅宗。他适应并坦然接受生命中的焦虑和困难，他对成为别人不感兴趣，对去彼处也不感兴趣。你想知道他更多的优点吗？他天性浪漫但并不多愁善感。他和奥尔加结婚时，记录了自己的想法，说婚礼日给人奇怪的感觉，"手里拿着香槟却笑得心不在焉"。他们俩分居两地时，他曾写信给她："莫斯科！莫斯科！这个词并不是《三姊妹》里的叠词，而是一个丈夫的肺腑之思！"据说他的声音"忧郁而感伤"。关于变老，他说这让他感觉像"胸中有杯酸奶"。最重要的是，他对人特别友善。有人请他写个简短的生平介绍，他写道："1892年，我在 V.A. 吉洪诺夫的陪伴下参加了一场奢华的命名日聚会。"我认为他是要强调那天他们喝了不少酒。这次聚会后，他在写给朋友的信里说："什切格罗夫命名日那天您要是觉得自己喝醉了,您就错了。您就喝了一点儿。他们都跳舞时,您也跳了舞,您落在马车车厢里的扎列卡管给大家带来了欢乐。至于您对我的批评,那并不算严厉,我已经不记得了。我只记得我和金斯基两人听了您的话,不知什么原因,大笑不止。"这是一个好人的做法:他让别人觉得纵使酩酊大醉也挺好。

契诃夫作品中的共情是托尔斯泰渐老之时开始懊悔而在自己的作品中呈现的内容。契诃夫是表现对自己和他人的怜悯的大师。他身上颇具狐狸的特征。但是他也理解刺猬承受的痛苦,理解他们坚持的"那条原则"给他们自己带来的拯救。三姊妹都是刺猬,她们明确的理想是回到莫斯科。刺猬之路很有说服力,毕竟这是一条确定的路。接受狐狸开放式的路线并不容易,因为这意味着不确定。但是,最终,如果想保持理智,你需要像契诃夫一样。这是我很久很久以后才明白的道理。

VIII

如何在局势恶化时坚持下去

《伊凡·杰尼索维奇的一天》

...

或：入狱之前别忘了把勺子带上

《伊凡·杰尼索维奇的一天》，索尔仁尼琴著，斯人等译，人民文学出版社，2008年。

《伊凡·杰尼索维奇的一天》里有一句听起来古怪但让人一想就能明白的话："吃着自己碗里的，别看别人锅里的。"根据故事的上下文，这句话的意思是，不要眼馋另外一个劳改犯的食物包裹。不要眼馋不属于你的东西。这对一心想去莫斯科的人们来说是个提醒。这让我想起那个内心抗拒做小丑但看起来很像小丑的驯兽师。不要瞎想自己的身份。这也让我想起想做巨型刺猬的那个我。不要对一种想法紧抱不放，因为你可能看不到现实。

我在俄罗斯全心全意地学做本地人的那些日子里，为了活出一个不一样的自我，我尽心尽力地把自己变成了一个熟悉的陌生人。（我能不能说我变得有点吹毛求疵，喜欢吃浆果，喜欢在俄语的灌木林里带着鼻音徜徉？）我猜大家都心知肚明，就像你看到那个穿着小丑服装虽然不情愿但却只能做小丑的小丑。我心底里知道我不是俄罗斯人，那儿不会是我最终的归宿，我不会嫁给爱得三心二意的乌克兰男友。我只是急切地想逃避，只是希望能够不辜负我的名字暗示的命运。我希望我能真实地属于某个地方。有几周，我很矫情，我告诉自己我拿不到大学学位，得一直在俄罗斯待下去；但是我知道这一切都是胡思乱想。我挥挥手和一切道别，回到了我自己的国家，开始了我的新生活。

接下来几年，我在伦敦开启了我的作家生涯，但我不断地去俄罗斯旅行。上帝的礼物·上帝的礼物的儿子成为过去。后来，我在一家俄语杂志做特约编辑，这意味着我什么时候想去莫斯科就什么时候去。我遇到了我先生，他是彻头彻尾的英国人，和任何说俄语的国家都没有关系，他的住所离我成长的地方不足四十二英里。我没有掩饰我觉得自己有点儿像俄罗斯人的想法，好像为了证明这一点，我甚至在结婚成家怀了第一个孩子之后，还拿了个俄语硕士的学位。这有点像我明明已经放弃了，但还故意表现得像没有彻底放弃的样子。有一段时间，我觉得我解决了《三姊妹》里的难题：我享有此处和彼处两个世界的好处，根本不用选择。

揭示我真正身份的电邮到达之时，我已经有一段时间不再想我名字的事了。我不需要想这些，因为我相信自己内心的声音。我一直忽略了这件事，我在俄罗斯时没人觉得格罗斯柯普是个俄罗斯姓，我只留心他们说的，我给人的感觉、我说话的样子显得我有一颗真正的俄罗斯的心。我不用到处讲我是俄罗斯人，也没必要这么做。我安排我的生活，过得至少有一点俄罗斯人的样子。

然而，我快三十岁时，我父亲从一个我们并不认识的加拿大表亲那儿收到一条消息。我们几乎没有收到过同样姓"格罗斯柯普"的人的信息，也很少和姓"格罗斯柯普"的人联系。认识的人中就我们家姓"格罗斯柯普"。前面说过，和我们同属一个家族的另外一家改姓了，这对我查找过去起不到作用。这次又有姓"格罗斯柯普"的了。我们对他一无所知。但他好像对我们了解颇深。

我现在已经记不清这封电邮到底是什么时候到的了，但一定是1990年代末的某一天，或者再晚一点点。因为我祖父于2001年去世，而邮件是在祖父去世前不久收到的。这位表亲追溯了我们的家谱，给我们看了几份文件，上面用钢笔潦草地写着我祖父所有亲戚的名字，其中大多数人我们都认识。这些名字看起来让我觉得很熟悉、很真实。我祖父认出了那些经年没有想过的叔伯兄弟的名字。他竟然知道所有人。有一些名字我们大多数人都没听说过，但我祖父一下就能想起他们是谁。我祖母虽然不是在这个家庭出生，而是嫁过来才成为这个家的一分子的，但她也能认出些"陌生的"名字，给我们讲20世纪40年代里她匆匆见过的这些人的故事。这确实是我家的家谱，毋庸置疑。

这位表亲提供的家谱一直追溯到我曾祖父那一代。他叫葛森，于1861年到达蒂斯河畔的斯托克顿。家谱上列出了他所有的孩子和孩子们的后代，一直到我们这一代。所有的名字和地点都是正确的。他们起初是斯托克顿市场上的商贩，然后不少人转行做了锅炉工。这个行业慢慢没了市场，一些姓"格罗斯柯普"的人搬到了威尔士的巴里岛，在那继续做锅炉工。一切都清楚了，我祖父是在巴里出生的。这些资料最后还标出了葛森的出生地，他离开的地方——波兰的罗兹城。他是波兰人。从他的名字来看，我们是犹太人。这样说的话，我去俄罗斯也不算去错了地方。但还不是准确的地方，俄罗斯距波兰还有几百英里。我学错了语言，获取了错误的身份。我不是俄罗斯人。我是那个对着不属于自己的食物敞开肚子的人。这让我感觉很不好。

《伊凡·杰尼索维奇的一天》中的"肚子"场景发生在故事结束的时刻。一天行将结束,在晚上被带到营房休息之前,苏维埃监狱集中营需要清点犯人的数量。伊凡·杰尼索维奇这一天经历丰富,小挫折不断,个人小小的胜利也不少,这就是他的集中营生活。当天晚上,和伊凡·杰尼索维奇属于同一营房的另一犯人采扎里收到了一个包裹。理论上来说,犯人们时时可以收到包裹,虽说能不能拿到自己手里是另一回事儿。你得用香烟贿赂一个看守才能拿到你的包裹,贿赂另一个看守才能把包裹拿到你的铺位上去。拿到包裹后,你得应对其他狱友频繁提出的交换货物的请求。要是没人偷你的东西,那你真是幸运。

采扎里包裹里的东西是人人都希望拿到的(包括伊凡·杰尼索维奇)但却无法拥有的:香肠,炼乳,很肥的熏鱼,腌板油,香喷喷的面包干,带另外一种香味的饼干,两公斤左右的方糖,还有一包好像是黄油,还有香烟、板烟丝。伊凡·杰尼索维奇不用打开就知道包裹里有什么。他一闻就知道自己错过了什么。

对于索尔仁尼琴来说,这是一个表现自我否定的重要时刻,不仅仅是因为伊凡在集中营里还刻意保持着善良的本性和拒绝诱惑的苦修式的行为。(索尔仁尼琴刻画了一个苦行僧式的人物。说实在的,他几乎像是从《圣经》里走出来的,甚至让人觉得他像上帝一样。)拒绝诱惑不是表现你的自制力,而是表明你身上的人性尚存。耐心点儿,等待时机。对那些拥有的东西比你多的人要心存宽厚,这最终会让你成为一个更好的自己。你身上的人性就是你的身份。不要试图做你成为不了的人。索尔仁尼琴没有这么说,但伊凡·杰尼索维奇的表现说明了一切。他无所要求,也无所期待。他注意到，采扎里拿到这些美妙的物品后好像醉了酒一样。但是他，伊凡·杰尼索维奇拿到采扎里给他的一丁点剩面包后却能够知足地离开。"自己的肚子自己喂。"不要惦记别人的东西。

"肚子"代表着饥饿、欲望和本能。这些是人之所以为人的因素，但它们在监狱中却受到压制，这又并非偶然。伊凡·杰尼索维奇的思绪有许多是围绕食物展开的，比如他当天能拿到多少吃的。那天结束时，他因为多喝了一钵粥，便总结说那是幸福的一天。他有一把用来喝汤的勺子。伊凡·杰尼索维奇的勺子是他的骄傲之本，是他的快乐之源。它代表着个人自由和个性。它意味着他拥有一件别人没有的东西：自己的勺子。当然，他得把它藏起来，因为没人知道他身上还藏着一丝自己的个性。他把它藏在靴子里。这代表了他的尊严，他身上没人可以接触的部分。他叫它"宝贝儿"。勺子给了他希望。只要他用自己的勺子吃饭，不舔盘子，他就维护了尊严。怎样在最糟糕的环境下活下去？守住你自己。

《伊凡·杰尼索维奇的一天》中，另一个让人记忆深刻之处是索尔仁尼琴对味道和鼻子的描写。他激发人想起的并不仅仅是味道，虽然他确实很多次地激发人回想种种味道。很明显，人们不需要多少想象力就能知道狱中生活是什么样子，你被剥夺了生活中最基本的、小小的乐趣，比如新烤的面包或者新割的草的味道，每天的嗅觉体验，这些虽然让人难以察觉，但却是让人之所以为人的细节。每一种味道都被浓墨重写，伊凡·杰尼索维奇能敏锐地捕捉每一种味道的细微之处。但这部书又不仅仅关于味觉。这也是一本让鼻子做"主导"的书。小说几乎没有其他视角，全部是向下看的。这种视角有两个作用。一是通过有限的视角呈现伊凡·杰尼索维奇的世界，二是暗示了逃离的途径。面对失望，继续生活的动力是什么？答案是嗅到事实，嗅到希望所在的方向。

《伊凡·杰尼索维奇的一天》于1962年在苏联出版，是苏维埃时期索尔仁尼琴在苏联出版的唯一一部作品。近十万册书迅速售罄，这本书当时在黑市以每本十美金的价格被迅速转手，这个价格无异于敲诈勒索。他的其他作品（《癌症楼》《1914年8月》《古拉格群岛》）在西方出版，他于1970年获得诺贝尔文学奖，但他未前往斯德哥尔摩领奖，因为他担心自己再也回不了俄罗斯。1974年，他被驱逐出境，苏联受够了他。

1963年，《纽约时报》发表了关于《伊凡·杰尼索维奇的一天》的评论（"简短，几乎没有讲述，流畅，爆炸性的消息……该书经过赫鲁晓夫本人的特许才得以出版"），索尔仁尼琴当时是"俄罗斯古老的城市——梁赞的四十四岁的数学教师"。这奠定了他最初被接受的风格：他不是被人发现的一位令人激动的新作家，而是一个主动发出声音的普通市民。这和明显的、更为文学化的帕斯捷尔纳克的风格不同，索尔仁尼琴代表的是来自监狱牢房的边缘者的声音。他被视为俄罗斯的良心，他记录了自己在劳改营听闻、目睹和亲身经历的生活。

《伊凡·杰尼索维奇的一天》最大的优点在于故事一下子就把读者直接空投到了劳改营的监室里。在那儿，有阿廖沙这个浸礼会教徒（昵称阿历克谢）和前海军上校伊凡·布伊诺夫斯基做伊凡·杰尼索维奇的铺友。索尔仁尼琴的作品直截了当，像记日记一样事无巨细地做了记录。这本书关注一天的生活，意思是每一天的生活都和其他日子的没什么两样。索尔仁尼琴拉近镜头让我们看到了劳改营生活的细节：一块上面缝着号码的难看的针织布在左边裤子膝盖上方的位置摇摇欲坠，温度计里奶白色的液体从来没有降到零下41摄氏度（到了这个温度，劳改营的劳动就要取消了），"煮的黑白菜叶子里埋着几块发臭的鱼"。这些细节都并非鸟瞰视角能够观察到的。小说只允许伊凡·杰尼索维奇看近在咫尺的东西，再准确点说，只让他看眼皮子底下的东西。这充分体现了众人埋头生活的状态。

他的精神没有垮，他找到了在乱糟糟的环境下生存的智慧。那就是服从制度（靴子放在合适的地方；天色晚了，才开始吃面包），遵守规定（经过一个士兵时，在距离他五步远的地方摘下帽子，走过两步后再戴上）。通过伊凡·杰尼索维奇，索尔仁尼琴描述了政治犯的世界。伊凡·杰尼索维奇并没有理由被收监。他知道这一点，怀疑和捕获他的人也知道这事。二战时期，他成了德国俘虏，做了战犯。他不加掩饰地承认了这件事。于是他被指控为"德国间谍"，被判十年强制劳动。（索尔仁尼琴的情况与此相似，他1945到1953年居于狱中，原因是在信中写下了对斯大林不敬的话，对他指控的罪名是"反苏维埃宣传"。）

因为赫鲁晓夫本人同意，《伊凡·杰尼索维奇的一天》才得以出版。赫鲁晓夫说："你们每个人身上都有斯大林主义者的影子。我身上也有斯大林主义者的影子。我们每个人身上都有斯大林主义。我们必须连根清除余毒。"可以说，从那时起，索尔仁尼琴的命运就和赫鲁晓夫的密切相连。也就是说，自1964年赫鲁晓夫被赶下台后，这位作家的人生就再没顺利过。1965年，索尔仁尼琴再次被定为"非人类"，克格勃抄走了他的许多作品。无论是索尔仁尼琴，还是许多其他俄罗斯作家，他们很早就明白记录国家的道德状况是他们的"命运";他们不像一战时的作家那样不是陷入了写作僵局，就是遭遇了自尊危机。这十分令人吃惊，因为人们都认为克格勃来敲门会有两种结果。你要么想着："即使要为之牺牲自己的性命，这些话也不吐不快。"（在性命攸关的事情面前，我个人不敢坚持道德原则，我觉得在那种条件下我不会去写作。）你要么会觉得："确实，同志们，我写的东西质量也不高。我以后不写了。"（我觉得这是个很好的借口。）在苏维埃统治的几十年内，这很有可能就是人们在无意识的情况下造成的现实，苏联解体后，人们发现社会上并没有流传大量的创作于那个时期的秘密文学。幸运的是，索尔仁尼琴这么想："艺术家应当意识到他头顶上的最高权力，在上帝的天堂里像个小学徒一样开心地劳作。"1971年，克格勃想用生物武器毒死他（可能是蓖麻毒素），这虽导致他身患重病，但他还是活了下来。1974年，他被驱逐出境。

《纽约时报》曾有评论认为索尔仁尼琴具有"《圣经》般的道德严谨性"。你只消看一张他的照片就会知道，这句貌似夸张的称赞可能只是"低调"的如实描述。他不苟言笑，尽管对苏联的制度做批评时有所保留，他还是遭受了多年的迫害。身处逆境之时，索尔仁尼琴的生存之道是埋头苦干，继续写作。他创作出了大量作品，2008年以八十九岁的高龄辞世，去世之前仍在写作。我最喜欢的索尔仁尼琴的作品，是他在美国居住时每天冲到自己简陋的小屋里一连几个小时不间断地写作的成果。当时他还十分虚弱。他的妻子写道："他五年没出门，少了一根椎骨……但他每天都坐在那儿伏案工作。"现在你知道了这些，可以想象一下，他少了一根椎骨但每天还伏案工作。

现在我们实事求是地谈一下索尔仁尼琴。他是个文学天才，一位伟大的作家。没有他的存在，20世纪的俄罗斯文学是不完整的。如果说哪位作家能代表苏维埃时期，那一定是他。但是没有任何读者读他的作品是为了寻开心，我甚至怀疑他自己也是如此。从他的作品来判断，他不是一个沉溺于任何享受的人。或许有描述他有趣的一面的书（"索尔仁尼琴带负罪感的享受包括吃薄荷糖和反复看《猫和老鼠》"），但我还没找到。他不是苏联文学的罗尔德·达尔[1]，写的书也不能让人心理放松。他的作品给人十分紧张的感觉。如果陀思妥耶夫斯基是只刺猬，我心里紧张的时候是一只豪猪，那索尔仁尼琴一定是一只巨型非洲豪猪。和很多人一样，我读索尔仁尼琴不是因为喜欢，而是无法选择。多数人出于责任感读他的书，这没什么可指摘的。在他离世多年之后，在他的作品失去了时代相关性和迫切性之后，他的读者数量仍在持续增加。他的作品经受住了时间的考验，这和我们对极权主义的兴趣有关。从个人的角度来看，我们希望亲自体验极权主义受害者的感受，在写作中体验这些比在现实中体验要幸福得多。而且，你要是对俄罗斯有那么一丁点儿兴趣，怎么能不读这样一位作家的作品呢？他写出了一本被勃列日涅夫称为"肮脏、反苏联的诽谤"的书。勃列日涅夫这话说的是《古拉格群岛》，他说的时候，他和他身边的人都还没读过这本书，干吗在公开批判一本书之前费劲去读它呢？勃列日涅夫写道："没人有机会读这本书，但大家都已经知道了它的基本内容。"他要是给亚马逊写评论一定很合适。

1　罗尔德·达尔，英国儿童文学作家。其代表作有《查理和巧克力工厂》《玛蒂尔达》《好心眼巨人》等，这些作品颇受读者喜爱。

我推荐你读《伊凡·杰尼索维奇的一天》也有实际的考虑。顺便说一句，以这本书开启索尔仁尼琴作品的阅读之旅是最合适不过的了，这是适合十八九岁年轻人的读物，我读它的时候就是这个年龄。（这是我发现自己不是俄罗斯人，而是犹太人十年之前的事儿。我猜如果早知道这些，我喜欢的应该是伍迪·艾伦，而不是试着去读古拉格群岛的故事了。这并不是因为我愤世嫉俗什么的。）准备大学入学面试时，我猜俄罗斯讲师很可能会问我：一、关于苏维埃政权，我知道什么。（诚实的回答是：除了戈尔巴乔夫有个胎记，我一无所知。）二、关于20世纪的俄罗斯文学作品，我读过什么。我读了不少托尔斯泰、陀思妥耶夫斯基和契诃夫的著作。但是我知道那是最低要求，无法给人留下你与众不同的印象。我需要马上读些当代作品。读索尔仁尼琴，是因为他的故事简短（刚刚超过一百页）而且易懂，他用浅显的语言再现了苏维埃生活中最黑暗的地方。再说，他的书也方便携带，我第一次去大学参观时就带着它。面试前的那天晚上，我不会开取暖器，裹着被子还冷得要命，打着哆嗦在房间里读《伊凡·杰尼索维奇的一天》（还矫情地想象劳改犯伊凡·杰尼索维奇·舒霍夫在劳改营的房间里也是这样）。

我的计划大获成功。面试开始时考官问的问题与《安娜·卡列尼娜》、《战争与和平》和契诃夫的短篇小说有关。自然主义啦、象征主义啦，我说了些自己都不太明白但听起来让人觉得我很聪明、很专业的东西。然后，一位可怕的俄罗斯老师开始提问，这位女士是我面对面打交道的第一个俄罗斯人。她像从《哈利·波特》里走出来的人似的：她像玛吉·史密斯女爵士扮演的米勒娃教授和弗朗西斯·德·拉·图瓦扮演的巨人版的法兰西女子学校校长马克西姆夫人的合体。试想一下，这位女士原是一位俄罗斯女皇，可又改行做了芭蕾舞老师，你就能明白这位女士的体形看上去有多庞大了。面试期间，电话响了，她拿起听筒，噼里啪啦地说着简短又干脆的俄语。我惊得下巴都要掉地上了。这是我最接近詹姆斯·邦德电影的一次。

她放下电话，对着我严肃地笑了一下，开始问我准备已久的问题："你读过一些当代文学书籍吗？"这个委婉表达的问题的真正的意思是："你读过索尔仁尼琴吗？"我满脸堆笑，因为我知道正确的答案："读过。""索尔仁尼琴"，我说得像"索尔真-尼-琴"，像惠菲宁系列的咳嗽药的名字，我不知道怎么发"仁"的音。我不怪自己，这也没影响我的心情。我的意思是，哪个母语是英语的人能把"索尔仁尼琴"说得自然？（1970年代中期，《每日镜报》有则头条报道了他的长篇反西方演讲，说他是"索尔仁尼维特"。）她低声问，"你读了索尔仁尼琴的什么书？"她认真地说出了准确的名字发音，希望我记住正确的说法。她盯着地板，好像已经意识到再问就超出我的能力范围了。"嗯，《伊凡·杰尼索维奇的一天》。"我不会发"杰尼索维奇"的音。"伊凡·杰尼索维奇，"她笑笑，"你怎么看这部小说？"

这是个很难回答的问题，受勃列日涅夫的不用读书就能有明确观点的启发，我连前十页都没读完。我知道这是关于一个生活在古拉格的男人的故事。我模糊地知道古拉格是什么地方。我也知道索尔仁尼琴是重要的作家，反苏维埃，有争议，我一下子就紧张起来了，给我面试的这位女士万一不反苏维埃，认为我赞同作品中的观点……我要避免说出显得我很无知的话，我得显得有独立思考的能力。如有神助，我竟然有了答案，当然也冒着风险，因为有可能发生事实错误："这是一本出色的文学作品，它用一整部小说的篇幅讲述了一个人一天的经历。"

　　我故意说得很慢，好像有多深刻似的。我真诚地相信我说的话，觉得自己这么说无比神勇："我知道，我要写一本关于古拉格的书。我整本书都是写一个人一天的生活。我可以添枝加叶。谁想知道超过二十四小时……的事儿呢？要是《达洛维夫人》可以写一个人的一天……"然而，这么说也很愚蠢，事实都在那儿明摆着。更重要的是，我还没读过这本书，我没有任何例子支撑说这部小说只讲了主人公的一天的论断（就我所知，这有可能涵盖了一千年，标题里的"一天"只是那些回忆片段而已）。不管怎样，我说的话是对的，我通过了面试，成了我们那所大学里的第一个格罗斯柯普。这发生在我曾祖父初次以波兰犹太人的身份进入一个完全陌生的国家，在他的后代拒绝承认或者遗忘了他波兰犹太人的身份的一百三十年后。我当时对此一无所知。否则，我可能不会出现在那个不得不假装自己知道索尔仁尼琴的房间里。

　　许多年后，我重温了上大学时的我所无法理解的索尔仁尼琴的《伊凡·杰尼索维奇的一天》。他的这部作品传达的生活经验是，即使面对逆境，也要砥砺前行。颇有反讽意味的是，你会发现，认识到这一点，也是你阅读他的其他作品的条件。他的同胞也这么认为。索尔仁尼琴在俄罗斯人的印象中是个奇特、复杂，有时甚至是不受欢迎的存在。他的作品不够文学化，然而它们又身居苏联时期的伟大文学之林中（或许是属于真文学的部分）。他是作家，不是历史学家。他在晚年回到俄罗斯后对自己也很不客气。他的观点是极端进步与极端反动的结合。他托尔斯泰式的思想根源是道德感和东正教教义。他和托尔斯泰很像，做修士远比做描述现状的作家更适合他。

有个插曲足以说明索尔仁尼琴遇到的麻烦，那是1978年，他在美国安顿后，在哈佛大学毕业典礼上的致辞所选的主题。要知道，他是苏维埃的异见人士，是世界伟大的作家之一，他知道说什么可以感动他的听众。那他选了什么引人入胜、让大众喜欢的话题呢？"现代文学中的人类中心主义。"这是以颇具想象力的方式来评论我们更关注人类自己，而不是自然和我们的星球（他的论点很好）的事实。在我看来，这是索尔仁尼琴通过演讲表现的挑衅行为。他不能让自己反对祖国。于是他转而攻击西方："别扬扬得意，伙计们。你们太自以为是了！"他对使用花哨的标题做演讲的人开炮。这么做真够勇敢的。但我还是觉得他有些自负、自私，这是我很长一段时间以来无法喜欢索尔仁尼琴这个人的原因之一。

但是，因为他坚决不愿妥协的性格，我越来越喜欢他了。简而言之，人人都应该喜欢索尔仁尼琴，因为他是个"硬核"角色。记得吧，他是那个缺根椎骨还每天伏案工作的人。他不仅写如何在逆境中生存下来，而且当环境发生变化时，他自己以实际行动做了表率。没有记录表明他歇过一天，有过一次假期。他在美国居住的日子证明了这一切。美国当地人保护他的隐私，这对他来说是生死攸关的事情。附近"乔·阿伦杂货店"的手写标志很有名："不知道去索尔仁尼琴家的路"。2008年，索尔仁尼琴去世后，他在佛蒙特的邻居说他是"谜一般的人物"。他在美国居住时，很少有人采访他。人们希望听听他对20世纪80年代末苏联改革的看法，但是他耸耸肩，说没有多大意义，因为事情发展太快，任何观点很快都会成为明日黄花。当地杂志《佛蒙特生活》曾经采访过他，报道说他似乎一周七天、一天二十四小时都在工作，作家小屋的灯似乎就没灭过。给索尔仁尼琴的孩子治病的医生说："无论有多晚，他似乎都在工作。"（我喜欢"似乎"这个词。他要是正在看卡通，那才更有意思。不幸的是，这不可能。他很可能在努力弄坏另一根椎骨。）俄罗斯记者维塔利·维塔利耶夫报道说索尔仁尼琴的工作时间有着宗教般的规律，十七年来，他每天都从早晨八点工作到晚上十点，据说没有休息过一天。偶尔，他打断日程只是去附近的网球场打打球。真是疯狂。

若没有另一半的支持，这种严格的自律是不可能继续下去的。我非常喜欢《伊凡·杰尼索维奇的一天》中的一句话，因为它透露了索尔仁尼琴对女人的态度，这在他生活的时代颇具典型性，但也有这位作家的自我的体现。（或许，我这次是宽宏大量的。）伊凡·杰尼索维奇铺床时会想，怎样尽力保持干净，怎样把一块面包缝到垫子里才能不让人偷走，并感叹监狱外的床上用品没必要弄得那么复杂。你放个毯子到垫子上就行，干吗那么费劲呢？他写道："……女人在被子褥子上花那么多心思真是奇怪，又洗又熨的。"（女人！她们简直疯狂！床上还要铺什么床单！）当然，监狱之外，是女人料理这一切，照顾你的饮食起居，照顾你生活中的一切。这是索尔仁尼琴的真实生活。我读过一篇他第二任妻子的访谈，就是和他去美国的那个，她解释说索尔仁尼琴从来不接电话，所以她得替他接电话。这就是写出卷帙浩繁的作品的诀窍！

索尔仁尼琴的第一任妻子在访谈中想到了许多他成名之前的生活片

段。她也尴尬地说起了他的第二次婚姻,她说至少他很难忘记他第二任妻子的名字,因为她俩都叫"娜塔莉亚"。(我明白把这个当笑话也许不合适,但真的很好笑。)我十分同情身处其中的每一个人,度过那段岁月是特别不容易的事儿:克格勃"资助"了一系列谴责索尔仁尼琴的书,其中有一本回忆录是以他第一任妻子的名字出版的。他和亲近他的人因此不断地受到恐吓。

我认为索尔仁尼琴是个宅心仁厚的人。他为了继续写作而付出的代价是我们无法想象的。他总是在小笔记本上草草记下些东西,等到记下来后就藏起来,再在花园的篝火里烧掉它们,谨防克格勃来搜查。在这种环境下,你会变成什么样的人?《纽约客》的戴维·雷姆尼克在20世纪70年代初采访了作家利季娅·丘科夫斯卡娅,问到了她和索尔仁尼琴的友谊。她说他们每天的写作时间差不多一致,他要先完成写作,不会急着打扰她,而是在冰箱上留下字条,内容大概是:"九点以后你要有空,我们一起听收音机。"这就是适应能力。我觉得我特别需要它去压制我对自己并非生来就是俄罗斯人的愤慨。我觉得我也有一根椎骨被移除了。但我不像索尔仁尼琴一样对疼痛无动于衷。我不能继续前行,我感觉自己垮掉了。

IX

如何始终对生活保持幽默感……

《大师和玛格丽特》

或：和魔鬼聊天之后，小心不要被电车撞

"那您专攻哪一方面？"柏辽兹问。

"我最擅长魔术。"

　　如果说多数俄罗斯文学经典是阴郁的、深沉的，充满了可怖的、黑色的人类灵魂（特别是关于古拉格的），这本书却逆流而动。在所有的俄罗斯经典中，《大师和玛格丽特》无疑是最让人开怀的。它有趣、深刻，读者一读就必然会同意这种判断。它有着特别的声誉：一方面，它被认为是20世纪伟大的小说之一、魔幻现实主义的大作，另一方面，许多读书甚多的人并不知道它的存在。尽管在俄罗斯，你一提猫有猪那么大、杏仁汁会导致打喷嚏这类话题，大家立刻就会知道你说的是怎么回事。最重要的是，《大师和玛格丽特》在我觉得自己在浪费生命的时刻拯救了我。它告诉你，无论事情变得有多糟，千万别把自己太当一回事；它提醒你，如果你用荒诞的眼光看待这世间的一切，从这世间的一切中看出愚蠢，一切都将好办得多。任何时刻，这都不失为一种可能，偶尔，这是绝对的："要么你笑，要么你哭。"

　　那些听说过并且喜爱《大师和玛格丽特》的人形成了一个信徒般的"信任圈"。我结交了一些朋友，我们纯粹是因为读过这本书、喜欢这本书，受这本书的影响而聚在一起的。我有个朋友和她现任丈夫的结合就因为他说自己读过这本书。通常我反对因为喜欢一本书就和某人建立终生关系的做法。但，这本书真的很特别。因此，如果你还没有结婚，而且喜欢这本书，当你遇到一个也喜欢这本书的人，就应该嫁给他。这是一本让人十分愉悦、舒服的小说。当我因不能再假装自己是俄罗斯人而心情低落时，就会读读它，然后就会开心起来。这本书提醒我，无论我是从哪儿来的，都成功地理解了另一个文化中许多重要的事物。这是一本好到能让你惊叹的书，你会笑得合不拢嘴，有时因为它的聪明，有时因为它的有趣和荒诞。我有时开玩笑说你需要点儿俄罗斯气质才能理解托尔斯泰。但是你若想理解布尔加科夫，那仅仅需要幽默感就够了。他的喜剧具有普适性。

《大师和玛格丽特》于20世纪30年代写成，但直到60年代才得以与读者见面。这是一本十分激动人心的创意之作，没有几本书的怪诞能和它相比。魔鬼沃兰德带着一众吓人的亲信来到了莫斯科，包括一只巨型（字面义是"一口骗猪那么大"）的会说话的猫，一个巫师和一个长着黄色尖牙、眼距很宽的杀手。他们瞄准的对象似乎是莫斯科的精英文化圈。沃兰德遇到了柏辽兹，一家大型文学刊物的主编和苏联最大的文学工作者联合会的主席。（柏辽兹一直在喝让人打嗝的杏汁。）柏辽兹以为沃兰德是个德国教授。沃兰德预测了柏辽兹的死亡，这个预言几乎马上就要成真了，柏辽兹却莫名其妙地卷入了一起古怪的电车事故，他的头被切了下来，他的死和打碎后洒在地上的葵花油有关。所有的这些情节都在这本书的开篇不久就发生了。

一位名叫伊万·尼古拉耶维奇的年轻诗人目睹了这起事故，亲耳听到了沃兰德讲的关于本丢·彼拉多的古怪故事。……别兹多姆内试图追上沃兰德和他的团伙，但是最后自己追进了一家精神病院里，大声嚷嚷着问有没有人见过一个和本丢·彼拉多纠缠过的恶魔教授。他在精神病院里见到了被锁在那儿的大师，大师是一位作家，准备写一部关于基督耶稣和本丢·彼拉多的小说。沃兰德亲眼见过基督和彼拉多，他的经历和大师重新讲述的基督和彼拉多的故事在小说中不断穿插，最后融合在了一起。（听我讲下去吧，真是太好笑了。）

　　同时，精神病院外，沃兰德霸占了柏辽兹的住所，给莫斯科的精英表演魔术。他把大师忠诚的情人玛格丽特叫了过来。在魔鬼举办的午夜舞会上，沃兰德给玛格丽特提供了成为拥有神奇魔法的巫师的机会。这一切发生在复活节前的星期五——耶稣受难日。（严肃地说，你读这本书的时候会觉得这一切都十分合理。我保证它不会让人茫然不解。）舞会上有许多裸体舞蹈和放荡的场面，（现在是不是突然有了兴趣，想去读读这本书？）玛格丽特也赤身飞了起来，先飞过莫斯科，然后是整个苏联。我再说一遍：故事里的一切都让人觉得十分合理。

　　沃兰德允许玛格丽特提个要求。她选了一件对别人有利的事儿，使一个她在舞会上看到的、承受永久惩罚的女人得到了解脱。魔鬼说这个要求不算数，让她再提一个。这次，玛格丽特选择解放大师。沃兰德对此不太满意，让她和大师喝了毒酒。他们携手来到了阴间，得到了"安宁"而不是"光明"。多年来，主人公这种进退维谷的结局让学者们束手无策。布尔加科夫为什么不免了他们受的罪？为什么耶稣和魔鬼一致要惩罚他们？布尔加科夫似乎在暗示，你可以一直选择自由，但是别忘了自由的代价。

《大师和玛格丽特》的一个优点是其语气轻松。小说里有许许多多低级（但有趣的）笑话，拒绝大师作品的文人得到了他们应得的报应。（这和布尔加科夫的经历相似，布尔加科夫距苏维埃文学界仅几步之遥，仅仅"被允许"在剧院工作，而且光是实现这一点，已是困难重重。）这部小说以幽默和超现实的方式处理被沃兰德肆虐过的噩梦般的社会，不会伤害任何人的感情，但布尔加科夫的讽刺却很残酷。他笔下的人物如同活在人间地狱里，但他们的眼睛并没有被完全蒙蔽，他们可以看到周围的许许多多有趣的事情。无论怎样，这些以黑色为底色的故事题材充满了喜剧色彩。

　　《大师和玛格丽特》以宗教话题为切入口，对当时的社会进行了犀利的讽刺，是一部十分复杂的小说，但最重要的是，这部小说在欢乐的笑声的包裹下传达了重要的人生真谛。如果你看不到自己所处困境中有趣的一面，人生还有什么意义？无论是谁，无论关于什么事，布尔加科夫都可以拿来开玩笑。"只有在警察押送的情况下才可能穿着衬裤在街上走动，而且只能往一个地方去——去民警局派出所！"（这句话是在伊万·尼古拉耶维奇半裸着身子在文联餐厅出现，告诉在那儿就餐的人们，一个陌生人来到了莫斯科并且杀了他们的同志后说的。）"我甚至宁肯去有轨电车上当售票员，世上再没有比这更糟糕的工作了。"（那只巨猫在撒旦的舞会上胡说八道。）"只有喝杯煤油才能拯救一只严重受伤的猫。"（猫简直是胡话连篇。）

　　或许，这本书最大的笑话是撒旦根本不是个坏人。我一直在寻找我是波兰犹太人而不是俄国人这件事的幽默之处，这个结论对我来讲是莫大的安慰。在布尔加科夫的眼里，生命是个天大的笑话。当然，这儿有他要传达的更深层的思想。但是布尔加科夫兴致勃勃地采用了戏谑的方式，因此，你不会觉得他是在说教。想写一本用魔鬼指代至高无上的政治权力而又不让读者觉得你是在生硬地往他们脑子里塞概念的书，你就得是一个技艺高超的讽刺作家。布尔加科夫的小说本质上是让人痛苦的悲剧，但这种感觉后来才涌上心头。最重要的是，布尔加科夫想营造出一种快乐的感觉。或许正因如此，他是当时所有作家中聪明也是颇具颠覆性的一位。很难相信他和帕斯捷尔纳克是同时代的人，他们小说的风格和基调大相径庭。（帕斯捷尔纳克生于1890年，而布尔加科夫生于1891年。）《大师和玛格丽特》和《日瓦戈医生》像是在两个不同的世纪写成的作品。

和帕斯捷尔纳克不同，布尔加科夫在世时没有机会看到读者对他作品的回应，这部小说在他去世之后才得以出版。更加耐人寻味的是他创作这本书时的处境。布尔加科夫当时写这部作品恐怕不仅仅是把它当作"抽屉里的文学"（他在世时不能被出版），可能是从来都没想过让任何人读它。彼时，克格勃半夜敲门，然后将人逮捕关押进黑色囚车里，消失在午夜的黑暗之中。大多数莫斯科人的日常生活被搅得天翻地覆，他们迫切需要找到一种方法，告诉自己生活还在继续，并假装一切都很正常。基于这种想法，布尔加科夫创造了一个虚幻的世界，在这个世界里，事情并非如它们理所应当的那样，奇妙的、超自然的、邪恶十足的事件似乎是日常生活的一部分。

无法想象如果这本书在当时出版，布尔加科夫还有没有活下去的可能。他创作的时候对此一定很清楚。他也一定觉得这本书永远不会被出版,这意味着他毫无保留地写下了自己心中所想,不用担心受罚。(虽然他一直担心这本书被人发现。这么写已经是罪,更不用说出版了。)他并非过得无忧无虑。他担心被当局攻击,担心无法工作、家庭失去收入来源。他也担心完成不了这部小说。他一生都在担心他的健康。这当然无可厚非。

有生之年,布尔加科夫以数个以内战为背景的反乌托邦故事而出名,《不祥的蛋》(1925)、《狗心》(1925)及他的剧本《图尔宾一家的日子》(1926)。尽管出名很早,但从二十多岁起,布尔加科夫就觉得自己顶多能够写到中年。他在《大师和玛格丽特》的手稿上给自己写了一句话:"死前完成。"J.柯蒂斯出色的传记《未曾焚烧的手稿:米哈伊尔·布尔加科夫信件和日记选》用电影视角透视了布尔加科夫秘密写作小说时,双重生活给他带来的创伤。我对这本书的喜爱程度不亚于《大师和玛格丽特》。柯蒂斯引用了布尔加科夫的信件和日记,这让他的描述栩栩如生,满是黑色喜剧般的日常细节。比如,布尔加科夫乞求哥哥不要再给他从巴黎寄黑咖啡和袜子了,这么做是因为1937年元旦,"他妻子的日记要记的内容太多了"——他妻子在当天的日记上记录下了布尔加科夫摔碎了印有"1936年"字样的杯子后得到的快乐。

布尔加科夫的病情越来越严重,他担心自己永远无法完成《大师和玛格丽特》。1934年,他在给一位朋友的信中倾诉自己身体羸弱,饱受失眠之苦:"最后,害怕孤独,或者再准确点儿,害怕就剩我自己,这是我生命中经历的最肮脏的事儿。这特别让人反感,我宁肯锯掉一条腿也不愿意这样。"肾病所致,他的身体经常疼痛,他的心灵也饱经折磨。一直都有人向他提供出国机会，可是他的出国请求总是被驳回。当局无意放他走，怕他再无回国之愿。（如果那些天才作家都不愿住在自己的国家，这会让人觉得这个国家是个很糟糕的地方。况且，把这些作家留下来唱唱赞歌，再时不时地折磨下他们是多有意思的事呀！实际上，这就是大多数作家的真实生存状态。）

在这样的时代中，布尔加科夫竟然写出了这么一部幽默、语调轻松且充满智慧的小说，这让人匪夷所思。他已经习惯了这样的场景，电话铃响了，他拿起电话，结果电话线那头传来一个不知名的官员的声音："去执行委员会的外国事务部领你妻子和你自己的表格。"他依照指示行事，心中也会升起一些渺茫的希望。但他没能获得护照，而是收到这样一张纸条："米·亚·布尔加科夫的申请被拒绝。"他一边靠当剧作家谋生，一边坚持秘密写作《大师和玛格丽特》的这些年，斯大林及其下属一直同他玩着猫和老鼠的游戏，他竟然没有发疯，这真是让人觉得不可思议。斯大林对他很感兴趣，就像对阿赫玛托娃那样。布尔加科夫和斯大林的私人关系使他免于被逮捕和被执行死刑，但也让他失去了做任何自己想做的事情的机会。

有生之年无法凭借自己出色的作品获得世人的认可，是一件多么让人愤怒的事啊！1966年到1967年，这本书甫一出版，就显示了其重要性，或许比20世纪出版的其他小说都更伟大。小说家维克多·佩列温曾说，向那些不曾体验苏联生活的人解释这本书的意义几乎是不可能完成的任务。《大师和玛格丽特》并无反苏的意思，但读这本书会让你瞬间感受到自由。它无法使你从某些固有的思想中得到解放，但可以让你从无意识接受的秩序中得到解脱。

《大师和玛格丽特》代表着不同政见的存在，它以揶揄的方式表示：作恶永远无法获得原谅。但是它也代表了随遇而安或者说不嗜武力的魅力。这不是一部煽动革命的作品。这是一部在恐惧中举手投降但不知道下一步怎么走的作品。文学可以是变革的催化剂，也可以是缓解紧张、麻木心灵的安全阀门。我有时怀疑，这部俄罗斯人满怀热情地谈论的小说是不是可以作为他们对政治和当代事务态度漠然的解释。当代俄罗斯人愤世嫉俗，个中原因已经在小说里得到了充分的探讨。布尔加科夫描写了一个本质和表象严重不符的社会：撒谎成了惯性，品德配不上所得。有人被判定为精神失常仅仅是因为他想写小说。最终，《大师和玛格丽特》成为对认知失调的一项大型研究。它描写了一种一切都已反常，但你还得装出一切正常的精神状态。这种状态下的生存之道是对一切视而不见。最理想的办法是以玩笑应对一切可怕的事情。

从表面上来看，布尔加科夫想让我们思考善与恶、光明与黑暗的冲突，他用荒诞的幽默来处理这些主题，免得我们对什么事儿都喋喋不休地发表意见。你选择加入沃兰德的怪物随从圈，（眼睛斜视的暴徒站出来！）还是宁可待在精神病院写诗？（我不是说按照字面意思选择。）在更深的层面上，他是在质疑，如果后果十分可怕，我们是否有勇气为自己的信仰战斗。他鼓励我们直视自己的内心，满足于我们现在的身份。黑暗中总有光明。但是，首先你必须成为能看见光明的那类人。

《大师和玛格丽特》过于奇幻，即便我发现布尔加科夫真的养了一只特别肥大的猫，在许多方面我也无法把这本书和作者自传划等号。但有些场景确实来自现实生活。有人指出,布尔加科夫在这部小说中对舞会场景的描写,一定是根据他和妻子叶莲娜·谢尔盖耶夫娜应邀参加1935年美国大使馆的一场传奇晚会写成的。她在日记中写道,他们去一家卖特殊进口商品的商店买"英国"布料,以二十五金卢布一根的价格给布尔加科夫做了些"尾巴"。她穿了一件晚礼服裙,"深蓝色的波纹上印着浅粉色的花朵",女裁缝和一个朋友跟着去帮她穿衣服。据说那是一场令人叹为观止的晚会。紧挨着管弦乐团的是用网圈起来的警戒区域,里面是"活孔雀和其他鸟"。餐厅里"一个角落有小熊、小山羊和笼子里的小公鸡"。哈萨克舞者在顶层表演,上面还摆着烤肉架。据说那只还没有被驯服的熊弄脏了一位将军的制服。

当时,布尔加科夫对美国大使馆的工作人员十分友好,希望他们对他的出国旅行计划发挥积极作用。《未曾焚烧的稿件》里有我最喜欢的一则日记,说的是有次布尔加科夫受邀去吃午餐的故事。"吃正餐前,我们喝了几杯鸡尾酒。"他写道。他还说:"没有汤。"布尔加科夫夫妇的日记和书信中充满了令人愉快的逸事趣闻,大多是关于他们面对阻挠布尔加科夫当作家的体制时,为了维持体面的中产阶级生活所做出的努力。叶莲娜写道:"昨天,碰巧有个美国人搬出了我们这个小区,我花了一千卢布给米沙从他那儿买了件非常优雅、非常有特色的毛皮大衣。灰色的毛,美国灰熊。"

在某种程度上,玛格丽特的形象也来源于生活:叶莲娜·谢尔盖耶夫娜是其原型。布尔加科夫和"现实生活中的玛格丽特"的相遇颇像一部奇幻小说中的故事。1929年,他俩初次相遇,那时叶莲娜还是一位陆军中将的妻子,并且和那位中将已经育有两个儿子。(布尔加科夫也已经结了两次婚。）然而，第一次相遇时，她已经非常俄罗斯式地觉察到，这是她的命运。开始，她刻意躲避这种关系，不出家门，不回他的信件和电话。大概在一年半的时间里，她没有出家门半步（难以置信）；她出门上街，遇到了布尔加科夫，他说："没有你，我活不下去。"

1932年，两人结婚。在布尔加科夫死于从父亲那儿遗传的肾功能失调前，他们一起度过了八年的时光。由于布尔加科夫处在当局严密的监视下，他们在一起的日子异常艰辛。他们努力又勇敢地面对这一切，面临绝望，有时假装出"何不食肉糜"的心态。再看一则叶莲娜·谢尔盖耶夫娜的日记："晚餐我们吃了鱼子酱、熏鲑鱼、自制肉酱、胡萝卜、新鲜黄瓜和炸蘑菇，喝了些伏特加和白葡萄酒。"他们邀请朋友去"俱乐部"吃佩尔米尼（俄罗斯饺子，想想黏糊糊的意大利方饺子[1]），去看普罗科菲耶夫[2]和肖斯塔科维奇[3]的钢琴表演（"不知不觉我们喝了三瓶香槟"）。有人通知布尔加科夫，如果他不按要求创作一部宣传剧，他最成功的剧本会被禁止在剧院演出。他回答说："哦，好，我得去卖家里的吊灯了。"后来叶莲娜·谢尔盖耶夫娜写道："现在，我们欠了一万七千卢布的债，没有一戈比的收入。"

布尔加科夫的剧本《图尔宾一家的日子》上演十周年纪念时，没有组织任何庆祝活动。"不用说，剧院根本就没想着纪念它。"叶莲娜·谢尔盖耶夫娜写道。布尔加科夫写了一封想象剧院制片人出席纪念活动的信

1　肉和奶酪作馅，配以调味料食用。
2　普罗科菲耶夫（1891—1953），苏联著名作曲家、钢琴家。
3　肖斯塔科维奇（1906—1975），苏联著名作曲家、钢琴家。

件:"最有价值的礼物是用珍贵金属(比如铜)做的大炖锅,里面盛着他们十年来从我身上榨取的血。"1937年,他在给一位朋友的短信中写道,有"祝福者"对他说,"不要紧,在你死后,你的作品都会出版的。""当然,我很感激他们这么说!"他在开玩笑。

布尔加科夫愿意参加庆祝自己的剧本演出成功的活动,但讨厌在舞台上鞠躬。他受尽了导演斯坦尼斯拉夫斯基的折磨,斯坦尼斯拉夫斯基一直在排练他的剧本,但迟迟不将之搬上舞台。每当他去排练现场看到演员不是在温习剧本,而是在听斯坦尼斯拉夫斯基任意无章法地说些不相干的话,他就大为光火。最后,他的剧本《莫里哀》首次公演(斯坦尼斯拉夫斯基排练了四年)时,谢幕谢了二十二次。但是,他也听到了不少负面评论。因为《真理报》上刊登了一篇决定性的未署名的文章。上演六个星期后,这部戏就停演了。标题是什么? "浅薄的表面和虚假的内容"。你能想象你的戏排练了四年、谢幕二十二次,演了六个星期就被迫停演的感觉吗? 不敢想象布尔加科夫当时的精神状态。

布尔加科夫说,不让作家写作相当于要求某些人放弃性行为。"假如有人被告知'你不能生孩子'。那么,他会想,'那发生性关系的意义是什么? 去它的吧! '"接着悲哀的事情发生了:他的健康状况每况愈下,心中燃烧着熊熊的怒火,还有不可遏制的沮丧之情,梦里出现裸体女孩,脑子里再容不下其他的事儿。艺术家的写作欲望比性欲能弱到哪儿去吗? 他努力屈服于命运的安排,但还是过得苦不堪言。他在1922年的日记中写道:"我妻子和我快饿死了。前两天,我向我叔叔要了些面粉、油和土豆。"他向作家朋友抱怨说他买不起墨水,所以不能用钢笔给他们写信,只能用粗糙的铅笔:"我所有的戏都被禁了,我的小说没法出版。作家布尔加科夫已经死了。"1930年,他写道:"我注定要在沉默中饿死。"

布尔加科夫和斯大林的关系也日益恶化。布尔加科夫首先引起斯大林的注意是因为《图尔宾一家的日子》,这是根据其长篇小说《白卫军》改编的剧本。这部戏受到了批评家的愤怒谴责,他们对书中给予白卫军军官的同情感到大为震惊。但是斯大林视这些为赞美(或者说至少他假装如此,他可能在和布尔加科夫逗着玩儿),说实际上,把白卫军刻画成值得尊敬的人再描述他们的失败是在赞美苏维埃政权。这是"布尔什维克主义粉碎性力量的体现"。(唔。像一部你要去看的戏剧,对吧?)每逢斯大林喜欢(令人瞠目结舌!)什么并且想进行评论时,他的举止通常不为人所理解。这部戏他看了十五次。

这对布尔加科夫没有好处,如果起了什么作用的话,也是相反的作用。1929年,他的作品被禁了。1930年,他给斯大林写了一封信,请求批准他的移民申请。斯大林打电话给布尔加科夫,再一次拒绝了他,更可能是为了捉弄他,给了他一份莫斯科艺术剧院的工作机会。1930年4月18日,布尔加科夫接到了斯大林的电话,这是对他先前写信说需要一份工作或者关于他申请去国外的回应。斯大林说:"您真的想去国外吗?我们真的那么让您恶心吗?"据说这通电话是诗人马雅可夫斯基自杀后,斯大林做出的反应。在某种程度上,这种状态需要布尔加科夫表示他对政权没有意见,或者说斯大林他们需要说服自己相信布尔加科夫没有意见。

布尔加科夫身上有很多让人喜欢之处。艾伦达·普弗尔[1]在为他作的

---

1 艾伦达·普弗尔,生于1944年,美国女作家,著名的布尔加科夫研究专家。

传记中写道，布尔加科夫在文学刊物的同事嫌他太老派，这引起了他们的反感。他穿着皮毛大衣（这是资产阶级的象征），亲吻女人的手，还对人鞠躬。他裤子上的折痕全都熨得平平整整。在黑海东岸的苏呼米度假疗养时，他写信说他只吃大米布丁和越橘果酱，餐馆的食品诸如炖牛肉之类的"都是垃圾"。他曾经给他妻子写信说什么："玛希娅！（他对妻子众多爱称中的一个），我从没吃过那么让人愉快的东西。谢谢你做的美妙晚餐。"他们俩暂居两地时，他给她的另一封信里，写蚊虫叮咬他的脚惹得他心烦不已："我刚刚意识到我在胡写！读读我的脚底板一定很有趣！抱歉。"

《未曾焚烧的手稿》收录的日记里记载，有一段时间，叶莲娜的妹妹接手替布尔加科夫打字的工作，她对《大师和玛格丽特》厌烦至极。作为这部 20 世纪伟大的作品的第一批读者中的一员，她的体验并不愉快。她对布尔加科夫说，她已经告诉了她丈夫"看不出来这部小说的主要线索是什么"。对此，布尔加科夫指出，这已经是二十五章了。她现在若不懂，恐怕永远也弄不明白了。"打字打到第 245 页和第 327 页时，笑了。"我不知道有什么好笑的地方。我不认为她能成功找到这部小说的主线，但是我相信她对这部小说坚决反对的态度是有道理的。她说出了自己的观点："这部小说是你的私人事件。"（这是非常典型的俄罗斯式表达。有点儿像英语里说的："好，你自己看着办吧……"她的真实想法是"这太疯狂了，太糟糕了"。）

在他生命的最后一年，布尔加科夫和斯大林起了冲突。据说，在布尔加科夫写给斯大林的最后一封信中，他在替他的朋友——剧作家尼古拉·埃尔德曼求情。（此举并未成功。不过，后来尼古拉还获得了斯大林奖，活到1970年才去世。）布尔加科夫接受委托为斯大林的六十岁生日创作剧本《巴统市》，斯大林六十岁的生日在1939年年末。（巴统市是格鲁吉亚共和国的一个度假胜地，斯大林在那儿度过了他的青春岁月。）这件事后来流产了，原因是斯大林的出生日期改了不止一次，真实日期很难确定。现在看来，他很可能在1938年就已经六十岁了。更恼人的是布尔加科夫被迫写一个他不想写的剧本，而且还要在错误的年份、错误的日子为主人公庆祝生日。

很难理解布尔加科夫创作这部剧的原因。你忍不住去想他心目中最好的剧情是什么。很可能是他受了威胁，不得不写，也可能是受好奇心驱使，他要挑战自己。读他的信函和日记，感觉两种可能兼而有之。不排除他是为了得到点空间和金钱，这样他可以继续秘密地创作他的《大师和玛格丽特》。

在这部戏的筹备期间，莫斯科艺术剧院在1939年8月派了个小组去巴统市。去的路上，他们收到斯大林禁演这部戏的通知。剧作家弗谢沃洛德·迈耶霍尔德的妻子季娜伊达·赖希被杀之后不久，布尔加科夫应该听说了这个消息。她是位十分美丽的演员，被人捅了十七刀（直接刺入了她的眼睛），倒在了自己的公寓里，当时年仅四十五岁。首先，布尔加科夫和妻子都认识她；其次，这说明没有人是安全的。三年前，迈耶霍尔德在一家戏剧刊物上发文攻击了布尔加科夫的作品。按说，迈耶霍尔德不比布尔加科夫激进，理应受到更好的保护的。

布尔加科夫信函和日记中让人悲伤的部分是他妻子用"心烦的坦布

"让我忘了这一切，什么都不记得了，那样我就幸福了。"

　　我想做俄罗斯人的念头受到了打击后，就离开了那儿好一段时间。我的生活在这期间发生了根本性的变化。我成了三个孩子的母亲。偶尔我遇到一些朋友，他们会说，"啊，你会说俄语！好棒呀！你的孩子会说俄语吗？"我想到我曾经如何欺骗我自己。你要是想用某种语言和你的孩子说话，你得确实是从那个地方来的。我的情况显然不是这样。"我觉得和自己的孩子用非母语聊天有点不自然。"我无力地回答，对别人随便说说的话很是较真。"哦，那有点遗憾。这可是他们的优势哦。"那人开心地说。到底会是什么优势呢？他们也假装自己是俄罗斯人，然后发现自己并不是？

　　我三十五六岁时，依然坚持保持和俄罗斯的联系。随着孩子接连出生，这个计划变得越来越不切实际。不过，为了完成工作任务，每个孩子都和我去过莫斯科，也去过乌克兰的敖德萨。有时候我也问自己，"我真的想这么做吗？"我记得一边在莫斯科美术馆的地板上给孩子换尿布，一边等待替一家报纸采访小说家柳德米拉·彼得鲁舍夫斯卡娅的情景。我很高兴能到那儿并能做我想做的事儿。但是我也不由自主地想："唔。我希望我在家休产假。"当然，如果我在家休产假，就会一边坐在电视前给孩子喂奶，一边哀怨自己不能去俄罗斯执行任务。这好像我的版本的《三姊妹》，在莫斯科时希望自己不是在那儿。或者像索尔仁尼琴笔下的伊凡·杰尼索维奇说的："我们老认为别人手里拿着一根更大的萝卜。我老是觉得自己在错误的地方，老是希望自己拿着一根不一样的萝卜。"

最后，我终于释怀，学会知足。我的萝卜不是俄罗斯萝卜，而是英国萝卜。我的孩子明明白白地提醒了我这一点。他们很明智，虽然偶尔觉得听我说说俄语很有意思，但对学俄语根本没有热情。他们为什么要感兴趣呢？他们知道自己的根在哪儿，因为心里踏实，所以对俄语没有执念。我执着于寻找自己的根是因为我不了解真相。现在真相大白，我也不再对此念念不忘。我没有强烈的欲望去拜访我祖先生活的罗兹市。我逐渐意识到，并且对此尴尬不已，我完全忽视了我母亲在北爱尔兰的根，而关注了更为遥远和陌生的事物。

然而，虽然我并非俄罗斯人，事情的发展却使我和俄罗斯有了美妙的联系。我在那儿度过了一段很长的学习时光，感觉离它很近。我甚至觉得这比和我的出生地的关系还要亲近。俄罗斯不是我的家，我无法选择自己的家，但俄罗斯可以是我一生的朋友。要知道有时候朋友比家人还重要，因为你可以选择朋友。这是我偶然选择的并愿意坚持下去的友谊。

我做过一些连自己都厌恶的事。我被一个不切实际的想法冲昏了头脑。我的做法有那么一点矫情也有那么一点自负。我把自己活成了果戈理的漫画人物：一个想象着自己能更具异域风味的、古怪的英国乡下女孩儿。一旦意识到这一点，我唯有安慰自己人类本质上是愚蠢的，我们都一直在做愚蠢至极的事儿，但愚蠢也不是全无魅力，其有趣之处就在于我们在乞乞科夫的四百个死魂灵到手之前，果戈理安排叙述者跑了会儿题，透露了他想通过小说传达的想法，我们觉得他如果在最初计划的三部分结束时再说更好，那样会说得更详细。叙述者想象有这么一位爱讲英雄事迹的远近闻名的作家，他没出过任何错，却从未屈尊讲述过普通人的生活，还说本书的作者不是这类作家。他"召唤……我们深陷其中的骇人的琐碎的困境"，这是位揭露丑陋现实却无人欣赏的作家。他不会受到读者的赞美，也不会有十六岁的少女扑向他。他继续自艾自怜。果戈理在世之时并未获得全面高度的评价。人们从未关注他在作品中对诚实的重要性的强调。他会经历世人的"谴责"和"奚落"。这是果戈理的亲身经历，他在世时受到了严厉的批评。"他选了一条难走的路，"叙述者总结（其实是果戈理的话），"他感受到了孤独的痛苦。"诚实确实有必要，它是高尚的，但未必让你招人喜欢。

《死魂灵》令人欢欣之处不仅在于果戈理十分有趣，还在于你可以看出来，他忍不住喜欢自己曾宣称要去恨的人。小说中有多处跑题，这是为了表现乞乞科夫在旅行时遇到的各类当地人，他们一个比一个可笑、自负，更擅长自我欺骗。他有没有告诉我们不能做什么？我最喜欢的部分在第二卷第一章，写的是一个天天昏昏欲睡的地主安德烈·伊凡诺维奇·坚捷特尼科夫，一个让译者头痛不已的人物。在一个英译本里，他是个浪漫的种子："……他这个人不坏，他只是一个'仰望星空的人'。"这并非赞美之词。有的译本表达不一样："一个不好也不坏的人，只是燃烧日光的人。"还有这个版本："在天与地之间匍匐的人。"果戈理的意思是这个人是个一无所长的懒汉、懒骨头，游手好闲之辈。这部分结束时，果戈理明确地说："……坚捷特尼科夫在俄罗斯属于至今还未灭绝的物种,他们以前的名字叫'懒汉''二流子'和'沙发取暖器'。"这些都是果戈理想在这本书里串到一起的人物。哦,好家伙,他使他们的存在变得有趣起来。

坚捷特尼科夫和他想追求的女孩的将军父亲闹翻之后,形势就开始急转直下。坚捷特尼科夫气愤极了,因为将军和他聊天称呼他"老伙计"和"老弟",他觉得这对他来说显得过于屈尊俯就、亲密无间。将军最后用"你"而不是"您"来称呼他。坚捷特尼科夫最终还是爆发了,他和将军一家断了交往。这件事的后果是,他变得更为懒散,暖沙发的时间更长了:"裤子甚至跑到客厅去了。在长沙发前面的一张漂亮的桌子上放着一副油渍斑斑的背带,仿佛是款待宾客的一样什么美味似的。"(只有果戈理这样的美食家才会把桌子上的肩带看成款待客人的点心。)乞乞科夫就是在这个时候走进了这个可怜人的生活,坚捷特尼科夫是他行骗的新对象。坚捷特尼科夫是乞乞科夫第二次冒险的催化剂,他的经历让乞乞科夫觉得有必要登门代表他去和将军谈谈,以便修复两家的关系。

和其他几十个角色一样,坚捷特尼科夫是"恶俗趣味"的代表,这是果戈理笔下的俄罗斯人的一个特征。这是一个很难翻译的词汇,它大概的意思是"毫无价值""俗气""粗鄙"和"琐碎"。其道德含义是:个体一旦屈从于"恶俗趣味",其生活便会失去价值。纳博科夫把它解释成"错误的重要性,错误的美,错误的聪明和错误的吸引力"。有时候,我希望纳博科夫能活到今天,可以认识下卡戴珊家族。这个词还裹挟着"伪善"的意思。果戈理借《死魂灵》告诉我们,有一些人自认为举足轻重但实际上什么都不是。有"恶俗趣味"的人自己浑然不觉，否则，他们会停止这种行为。果戈理在小说中的许多地方吸引读者关注"恶俗趣味"，他呈现它的方式让你觉得他十分喜欢这些人物，他似乎不忍心去谴责他们。或者说他只是把这些人物描绘得栩栩如生，使他们很容易被辨认出来。（可能我也是个趣味恶俗的人，所以很容易就能对这些人产生同理心。）

果戈理度过了荒诞的童年时代，和母亲保持了明显的亲密关系。至少，她是他热情的支持者，虽然可能有些热情过度。她觉得他是有史以来最好的俄罗斯作家。如果你的儿子是一个有作品被成功出版的小说家，你这么想没什么不合理，（"普希金是谁呀？"）但是她还认为果戈理发明了蒸汽船和火车。有个处处支持你的母亲真的很不错，但是如果她认为你发明了果戈理·莫戈理，那就是另一回事了，更别提发明蒸汽船和火车了。果戈理的传记作家大卫·马格沙克悲伤地说："她在他孩提时代就把他宠坏了，她要为他成为一个性情反复的自我中心主义者负责。"

果戈理无疑是俄罗斯作家中公认的最神经质的人。他热衷于给别人讲他去巴黎看医生，结果被告知他的胃上下颠倒的事。就像果戈理的另一位传记作家理查德·皮斯所说，这是一个臆想成为"一种生活方式"的典型例子。他喜欢生病，因为这样就有理由去一个又一个欧洲温泉小镇，而不用回到俄罗斯去。他一直在寻求改善身体状况的办法。他经常在给朋友的信中详细描述他的病中情况。他在1832年的一封信中说："我的身体和咱们上次相遇时一样，只是腹泻好了，现在又有了便秘的倾向。"

行将离开人世之际，他做了好些不讨人喜欢的事儿。在剧院为《钦差大臣》举行盛大表演时，他固执地坐在包厢的地板上，理由是这样没人会看到他。据推算，从这个角度他是看不到表演的。大幕落下，众人欢呼请作者上前时，他爬出了包厢，冲出了剧院，走到街上，扬长而去。这可能是因为羞怯和尴尬，但人们更愿意相信他自命不凡。

他在国外写了些本无意娱人却充满有趣细节的信："俄罗斯有许多张卑鄙的脸庞，看他们一眼我都受不了。现在我想起他们还想吐。"你几乎没法怪他为什么一到国外就待好几年。他总是能找到可爱的朋友，要么在他缺钱时借钱给他，要么带他享受美食。有次，在德国巴登－巴登（还能是哪儿？），他交了个朋友，竟然是一位公主，她特意请他吃了一种特别的蜜饯。他晚年生活的"虚伪"之处在于他奢侈的生活和苦修的誓言之间的矛盾。他一面对宴会趋之若鹜，一面宣布他在写一本最伟大的道德作品，他是精神和道德的领袖。他写信给朋友说他过得像个"修士"，然后又出去吃那些导致他消化不良的大餐。就是在这段时间里，他对前文提到的饮料上了瘾。

皮斯对他糟糕的性格做了精彩的总结："生病上瘾，无性生活，逃离激情或者逃离麻木的不停歇的旅行，和朋友奇怪的相处方式，许多小骗术……"（这还是一个相对来说有同情心的作者。）和朋友奇怪的相处方式说的是在晚年生活中，果戈理走了一条十分特别的宗教路线，他觉得没有什么能够救赎他犯下的罪过。他开始强迫自己谴责以前的作品"有罪"。（似曾相识吧？你好，托尔斯泰。）他很享受挑剔自己的过程，把这当作精神追求的一部分，给朋友们不停地写信，恳求他们列出他的缺点。他发现这种做法成果斐然，又在给朋友的回信中列出了他们的缺点，当然，没人要他这么做。哦，果戈理！他在晚年听信了一个神秘主义者的话，觉得自己毕生的作品都是罪孽。他烧了《死魂灵》的第二卷，然后马上就后悔了，绝食九天后，便离开了人世。

我常常觉得果戈理早生了一个世纪。他古怪得在任何时代都会让人觉得奇怪。（他曾经订了顶假发来对付写作困境，这和索尔仁尼琴后来说的俄罗斯作家从未受此问题困扰相矛盾。果戈理盼着假发"打开头上的孔"。）他的不少激情和他的性取向有关：现在有人说他的确是个同性恋者，而在他生活的时代，即使私下里爱另一个男人也是不可能的事。我们实在是不明就里。有趣的是，他和密友丹尼列夫斯基的通信往来暗示了他们之间可能发生过什么，但是不是有什么，众人看法不一。可能他们的关系曾经相当不错，但友谊没能延续下来。也可能是果戈理冒犯了他的朋友，导致他们的友谊出现了危机。我们不得而知。我希望他能明白爱为何物。他后来写道，自己喜欢和丹尼列夫斯基打台球，听台球砰的一声撞在一起的声音是这世界上最幸福的事。

果戈理的创作具有20世纪的风格，他看世界的方式让人想起萨尔瓦多·达利[1]的作品。1838年，他从罗马发出的一封信中写到春天的玫瑰："我知道你不会信我，但我的心灵时常被一种疯狂的欲望占据着，我想变成一株巨大的玫瑰——我什么都没有，没有眼睛，没有手脚，我只有一个巨大的鼻子，鼻孔和超大的桶一样大，我可以尽情呼吸春天的芳香。"我希望，无论他身在何处，他都带着一个巨大的假鼻子和他最好的朋友打台球。

有关他性取向的猜测可以解释果戈理的诸多行为：我们现代人看他，觉得他没必要折磨自己。陀思妥耶夫斯基的痛苦多半是他自己的可怕性

1　萨尔瓦多·达利（1904—1989），西班牙著名画家，以超现实主义作品闻名。

格招来的。他赌博，无法面对自己内心的魔鬼（很可能是癫痫治疗不当）。托尔斯泰的痛苦很大程度由他自己纠结的道德观所致。果戈理受的有些罪是他自己找来的，但我同意他不知道自己的性取向这种说法。这对于一个认为诚实是生活伟大的美德之一的人来说，一定是莫大的折磨。他渴望对别人传达这个颇具现代气息的人生要义：做自己，不要假装去做别人，接受你是谁。但他自己并没有践行这条原则。

如何抓住生命的意义所在：

《战争与和平》

或：不要试图谋杀拿破仑

"我们以为这是世界末日，
结果事情开始朝好处走。"

当我发现自己在俄罗斯的冒险之旅是一场伪装，一场我在想象中为了让自己看起来更具异域风情，或者说为了找到归属之地而编造的梦时，我十分震惊。震惊之后，我对身份秉持的态度发生了转变：不必完美，不必执着。家庭也好，祖先也罢，它是一份送给你的礼物。决定你的身份的关键不是你是什么，而是你在做什么。这是最重要的教训：这只不过是一场旅行。我们还是享受路上的风景，感恩手中的所得才好。

俄罗斯虽然并非与我血脉相通的地方，但却是我生活的一部分，这是永远无法改变的现实。无论我的根在哪儿，俄语不仅仅是一门我想要熟练掌握的语言，光尝试着去掌握它就给我带来莫大的快乐。我永远不会放弃这门语言，我也永远不会放弃读懂这些书所做的努力。我一开始就没必要假扮成俄罗斯人，以他们的视角去读它们。那是我给自己讲述的故事。我希望我对它们感兴趣的理由就像任何正常的读者被它们吸引的原因一样，因为它们经受住了时间的考验。现在，我读它们就像其他读者那样，而不是带着压力想，"噢，这是我同胞的作品……"其实他们一开始就不是。

我以接纳自己的不完美的新视角重温了《战争与和平》。给还未阅读此书和试过但"失败"了的读者分享的最重要的一点是，这不是一次就可以完成的工作。读它是持续一生的事业，没有"读完"这种事儿。你只是经验不足。你把它当成骑自行车。第一次看到时，你会想怎么有人会骑自行车。接下来的一段时间你总去骑自行车，好像这是你的第二天性。你甚至觉得自己可以参加环法自行车赛。再往后你的骑车技术荒废了，你考虑要不要骑车，因为担心会发生事故，担心事故会伤及自己或他人的身体。关键问题是要回到自行车本身。

为什么要用放松的心情来读《战争与和平》？理由是无论放在哪种语言里，和哪部小说相比，《战争与和平》都可能是最能代表"俄罗斯文学"的小说。因此，无论什么原因（例如，坚持完美无瑕的阅读体验）把它推到一边的人不仅冒着推开托尔斯泰作品的风险，也放弃了解整个俄罗斯文学的机会。不要把《战争与和平》当成一部小说，把它当成《圣经》。你不会坐下来非得一口气把《圣经》从头读到尾，是不是？如果你发现《圣经》中的一些内容很枯燥，你不会永远把它放在一边，是不是？人们一直就是这样读《战争与和平》的。（事实上，你也可能把《圣经》放在一边。这个比较不成立。忘掉我用《圣经》做的比较。这不像《圣经》。这像把很多部小说堆在了一起的作品。）

很多年后，我才悟出这些。我在《战争与和平》即将搬上荧幕时才发现合适的读书方法。这是最长、最可怕、最让人望而生畏的俄罗斯小说。一千多页！尽管我以无比的热情坚信这世上没有读不完的书，我还是把这本书搁置一旁许久。第一次读时，我觉得书里战争太多。我不是在开玩笑。几乎页页都有"战争"这个词。书里还有五百多个人物。故事迂回曲折、令人迷惑不知其出路。亨利·詹姆斯给19世纪经典小说贴的标签是"体形庞大、结构松散的臃肿怪物"。《战争与和平》是这些怪物中最庞大、最松散和最臃肿的一个。詹姆斯说它是"流动的布丁"。简而言之,这是一个由牛奶布丁组成的臃肿、油腻的怪物哥斯拉[1]。

可是,我们全部的人生不就像个晃晃悠悠的哥斯拉果冻吗?人生中不是处处可见不合逻辑的结论、看似不可能的巧合、数百个或重要或不重要的人物吗?这么说来,《战争与和平》的结构是文学对现实人生的真实再现。故事按时间顺序推移发展。有时许久都平静无波,突然又超乎你想象地风云迭起。不是所有发生的故事都有意义。离题之处比比皆是,惊奇之处俯拾即是。结局完满者少见,就是那些完满的结局也是错综复杂、得之不易的。但是如果你坚持下去,耐着性子读完那些枯燥乏味的段落,找到你能认同的对象,发现你为之产生热情的所在,就会惊叹这是一本多么奇妙的书。(看到了吗?我正在谈论《战争与和平》。我正在谈论人生。很有智慧吧?有智慧的不是我,是托尔斯泰。)

阅读《战争与和平》的巨大挑战不仅仅包括你需要从小说的故事和人物中汲取人生经验——欣赏每一次日升日落,分辨谁是你的朋友,认识到青春的愚蠢,相信自己的未来,保持善良谦虚,它还包括身为读者,要在书中找到适合自己的阅读方法。重复一下,这部小说像生活本身一样难以攀登。有时,它看起来空洞乏味;有时,它根本没有意义。然而,如果你能耐住性子,包容自己,就会慢慢地理解这一切。诀窍是按自己的阅读节

1　巨大的怪兽,会引起难以预测的灾难。

奏来，读不下去的时候，放松地把它放在一边。等你有心情的时候再去读它。小说家菲利普·亨舍精彩地描述了自己对《战争与和平》延续一生的挚爱。他说，你要是真正读了进去，十天就可以读完。他说的真的可行，但关键是得真的读进去。这可不是件容易的事儿。

托尔斯泰最初给《战争与和平》拟定的题目是"十二月党人"，有一段时间，他也考虑过叫它"结局好，一切都好"。（我知道"战争与和平"不是最有想象力的标题，但是，这本书的标题有过更糟的可能。）1863年，托尔斯泰开始着手创作这部小说，那是在他和索菲娅·安德烈耶夫娜结婚一年之后。这部小说写了六年，那段时间可以说是他生命中最幸福的一段时光。这个时期出生的四个孩子都是高龄而终。这时的托尔斯泰和创作《安娜·卡列尼娜》时的托尔斯泰判若两人。他开始创作《安娜·卡列尼娜》那一年，失去了他们的第一个孩子。之后三年，又有两个婴儿死于襁褓之中。我不想就这个话题小题大做，因为旧时婴儿的死亡率是远远高过现在的。但是，认为一个已经遭受生活不公正对待的人会被三个孩子接连的死亡深深触动，这并不令人感到奇怪。无疑，他完成《安娜·卡列尼娜》的创作后，对宗教和死亡话题越发痴迷，他开始写自己对自杀的迷恋。然而，创作《战争与和平》时，他的人生哲学观还处于最积极的时刻，那些悲观的思想表现得还不明显。

试图写下《战争与和平》的梗概，不知道是不是明智的行为。但是我们已经到了这一步，不继续这么做似乎有点儿无礼。小说以1805年圣彼得堡的宴会开始，闲聊的内容离不开俄国即将和法国进行的战争。病危伯爵之子皮埃尔·别祖霍夫在国外接受了教育，新近才回国，他发现这儿的人都自命不凡，觉得自己很难融入上流社会。他对此失望不已。他的朋友安德烈·保尔康斯基公爵娶了社交名媛丽莎，现在已经怀孕。安德烈发现他的妻子虚伪做作。他对生活也很失望。他即将参加战争，离开他那轻盈迷人的上唇长着淡淡的茸毛的妻子、暴躁的父亲和陷入宗教狂热的妹妹玛丽雅。

同时，那个时期的贵族——莫斯科的罗斯托夫伯爵，经济上捉襟见肘，将摆脱困境的希望孤注一掷地放在孩子们的婚姻上，特别是已经参军的尼古拉。他们的女儿娜塔莎爱上的保里斯·德鲁别茨基也即将加入近卫军。被罗斯托夫家养大的孤儿宋尼雅爱上了自己的表哥尼古拉。他也爱她，但这不是一桩好婚事，因为宋尼雅没有嫁妆。可怜的宋尼雅。

尼古拉参加了战争，带着勇敢的军官杰尼索夫一起回了家，杰尼索夫向娜塔莎求婚，但遭到了拒绝。皮埃尔的父亲死了，他突然成了富有的继承人和社交圈炙手可热的人物。他被人设计娶了华西里公爵放荡堕落但是美丽的女儿海伦。杰尼索夫的朋友陶洛霍夫是海伦众多情人中的一位，皮埃尔和他决斗，结果陶洛霍夫受伤严重。皮埃尔受到了严重的打击，他离开家去旅行，成了共济会会员。

安德烈公爵从战争中回到家时正赶上妻子难产，她因此离开了人世。现在安德烈和皮埃尔一样，都因给别人带来的痛苦而深感内疚。安德烈恢复后去了圣彼得堡，继续他的军旅生涯，在那儿的舞会上，他遇到了娜塔莎，他们相爱了。安德烈公爵暴躁易怒的父亲反对这桩婚事，要求他们一年后再结婚。这段时间，安德烈公爵出国治疗他在战争中受的伤。

他走后，娜塔莎去了莫斯科，在那儿遇到了海伦和她可怕的哥哥阿纳托里。兄妹俩密谋败坏娜塔莎的名声，她受了阿纳托里的引诱，同意和他私奔。于是娜塔莎解除了她与安德烈的婚约。但是他们私奔的计划泄露了，娜塔莎的名声受到了玷污。她试图自杀。安德烈回来后，拒绝再次向她求婚。皮埃尔想说服安德烈，可是却发现自己爱上了娜塔莎。另外，1812年在天空出现的彗星被当成了拿破仑入侵的预兆。

那个小个子的法国人此时正在向前推进，皮埃尔对自己的想法很是着迷，他觉得自己必须杀死拿破仑。(这个想法不切实际，皮埃尔没有军事经验，体力也不行，还很笨拙。)玛丽雅照顾垂死的父亲，成了乡下田庄的主人。行军途中的尼古拉·罗斯托夫经过玛丽雅的家。两人相遇且相爱了。皮埃尔上了前线，可是思想斗争得厉害，因为目睹无用的杀戮而失魂落魄。安德烈也在前线。他被子弹射中，和阿纳托里·华西里出现在了同一个手术室，后者被截去了一条腿。

娜塔莎把自己的家改作伤兵接待站，安德烈被送到了这里。娜塔莎恰好可以照顾他。此时，安德烈特别害怕闭上眼睛，因为每当他再睁开眼睛时，逝去的人们就会出现在他床边。不管怎样，安德烈还是死了，死前宽恕了娜塔莎。拿破仑的军队占领了莫斯科。皮埃尔继续他的英雄行为，有一次从大火中救出了一个孩子。海伦死了，可能是服了某种流产药的结果。尼古拉反复斟酌是否要娶玛丽雅。他收到了宋尼雅的一封信，如释重负，现在他可以放心地和玛丽雅结婚了。这封信是宋尼雅在尼古拉母亲的催促下写成的(她希望他娶个有钱的妻子)。法国人俘获了皮埃尔。他遇到了狱友普拉东·卡拉塔耶夫，并和卡拉塔耶夫谈人生的意义。

拿破仑犯了致命的错误，不得不放弃莫斯科，俄国人竟然允许法国人撤退。陶洛霍夫和杰尼索夫袭击了逃跑的法国人，释放了皮埃尔。娜塔莎和皮埃尔团聚了，最后决定结婚。尼古拉娶了玛丽雅。小说的结尾部分是关于蜜蜂存在的思考。托尔斯泰说自由意志是一场幻觉。他继续谈哥白尼、牛顿和伏尔泰。故事就是这样。《战争与和平》的狂热爱好者会说我对库图佐夫将军、罗斯托普钦伯爵和博罗迪诺战役介绍得太少。我只能说我们都有自己阅读完这部小说的独特方法，不要轻易给别人下结论。

《战争与和平》最吸引我的是托尔斯泰构建影响关系并使之可信的能力。在《安娜·卡列尼娜》中，安娜和伏伦斯基在一起是因为凯蒂和伏伦斯基没在一起（这才有了吉娣和列文最后在一起的可能）；同样，《战争与和平》中安德烈和娜塔莎的恋情不能善终，是因为娜塔莎最终要和皮埃尔结合。同样的是，只有把宋尼雅推到一边，玛丽雅和尼古拉才能得到幸福。即使像杰尼索夫这样的小人物也受了"多米诺效应"的影响：他向娜塔莎求婚被拒，是因为将来他会起到营救皮埃尔的作用，于是皮埃尔可以活下来……最后娶了娜塔莎。

这是托尔斯泰一以贯之讲述的人生经验：有时我们的不幸会促成别人的幸福。凡发生的都是有理由的。这一切都在一只力量远比我们的希望和欲望更强大的手的控制之下。那只手最后好像比较温和，人们尽管承受了种种苦难和痛苦，最终却获得了家庭的幸福和心灵的安宁。在小说的许多地方，这种来之不易的家庭幸福似乎和娜塔莎及皮埃尔没有关系。我们并非所有人都能得偿所愿，但是我们接受我们的所有，接受它，有时我们会比得偿所愿更幸福。再说一次：把握你手中的幸福。

命运呢？命运当然是无处不在的。命运带来的巧合在《战争与和平》中多得使《日瓦戈医生》看起来仅仅是准确的历史记录。陶洛霍夫袭击的法国军队碰巧就是俘虏皮埃尔的那一支。偶然的概率有多大？安德烈公爵在恢复期离开了人世，他恢复时居住的地方……碰巧是娜塔莎的家。托尔斯泰安排了许多巧合，有些你不看到小说结束，根本就发现不了。我们在生活中也经历过许多令人难以置信的巧合和古怪离奇的结果，但和小说相比似乎还是差远了。十五年的时间，涉及广阔的地理区域，如果故事人物的命运不曾交织，不曾相互作用，故事就无法进行。尽管如此，如果你参加了一场几万士兵卷入的战争，竟然还能碰上你的发小，这真让人难以置信……可是我们去怪谁呢？

我们先把托尔斯泰复杂的、奇怪的现实主义叙述放在一边，他的哲学观可以用一个场景总结，那就是皮埃尔吃撒了盐的烤土豆那节。这是《战争与和平》的精华，五分钟就可以读完:在第四卷第一部第十三章。它概括了这本书和托尔斯泰的人生要义。托尔斯泰的作品中，有些角色中有他自己的影子，像《安娜·卡列尼娜》中的列文和《战争与和平》中的皮埃尔，而最能体现作者视角的是被俘的农民普拉东·卡拉塔耶夫，土豆的提供者，在书中只占了五页篇幅的一个稍纵即逝的人物。皮埃尔被法国人俘虏后遇到了他。卡拉塔耶夫是个典型的俄罗斯农民:淳朴、睿智，像地上的盐。他教给皮埃尔的道理对托尔斯泰产生了巨大的影响，甚至在托尔斯泰出版了《战争与和平》和《安娜·卡列尼娜》之后还经常被提到。

卡拉塔耶夫讲的道理很简单。感谢你和你母亲的良好关系。（托尔斯泰的母亲在他两岁时就过世了）。享受家庭生活。（托尔斯泰的父亲在他九岁时也过世了。）要有自己的孩子。（他有十三个孩子，八个活过了中年。）你要是有自己的房子和家族田产，要知道自己的幸运。（托尔斯泰年纪轻轻便继承了在亚斯纳亚·波利亚纳的家产。）在土豆上撒点儿盐，像吃大餐一样享受它们。（托尔斯泰后来成了强迫症式的素食主义者。）

卡拉塔耶夫还说："顶顶要紧的是要接纳别人。"在我看来，托尔斯泰并未真的按这个建议行事，他说契诃夫的剧本比莎士比亚的还要糟时，显然并没打算接纳别人。但是我们不能都跟着建议走，对吧？最重要的是忍耐和听天由命："到底拿着碗要饭还是把牢底坐穿？有什么命就过什么日子。"记住，托尔斯泰自认为皮埃尔最接近自己，他让皮埃尔把卡拉塔耶夫的话记在心里："……普拉东·卡拉塔耶夫从此给他留下了可贵的深刻印象，并且成了善良的、圆圆的俄罗斯人的典型。"

我们要都像普拉东·卡拉塔耶夫就好了。小说里说他应该超过五十岁了，但看起来比实际年轻得多。他爱笑，一笑就露出一口"洁白坚实的牙齿"。（19世纪的俄罗斯文学写作很有人性吧？洁白的牙齿、爱笑的脸。）夜色降临，他开始唱歌。早晨一醒，就马上起床，耸耸肩膀，开始精神抖擞的一天。从这一点上看，我想普拉东·卡拉塔耶夫一定特不招人待见，尤其是在一天的清晨，但我们把它放一边吧。

这个老头的长篇大论呼应着《安娜·卡列尼娜》里的名句（"伸冤在我，我必报应"），命运如此。我们总是做出判断——这不对，不适合我们。判断和惩罚是上帝的工作，不应该由人来进行。我们必须用恒久的忍耐顺从命运的安排。"老弟，幸福好比网里水：拉的时候沉甸甸，拉上来却啥也没有。"卡拉塔耶夫的主要魅力在于他的想法都是不假思索地脱口而出的，他从不琢磨词句里的含义：他想说就说，喜欢什么就说什么。他是自然生活和悦纳自我的例证。"他的言行从他身上表现出来，就像香气从花里散发出来一样均匀、必要和直接。"如果我们要从他身上学些什么，那就是："……他对周围的一切都充满爱心，特别是对人，不是对某一个人，而是对周围所有的人。"托尔斯泰封笔不再写"轻薄的"小说后，想做的就是这类人。这意味着他把对一切人、一切事感兴趣的多面狐狸放到一边，选择做刺猬，拔掉身上的刺，坐在那儿念佛经。这是伟大的建议，要是有人能听而从之，该有多好。

我很庆幸我读《战争与和平》时，已经不再为做俄罗斯人的事而纠结了，甚至对浪费了我许多年时间，结果却和想法背道而驰的事儿也不再抵触。我越不纠结，就离自己越近：一个背景简单但又有点故事的人想弥补想象和现实的鸿沟。或许想象驰骋得太久了。我是作为一个知道自己是谁的成年人，而不是一个希望自己是别人的孩子读《战争与和平》的，我对小说不再吹毛求疵。这几乎是走进这部小说的最佳方式。我不是说年轻的时候不要读《战争与和平》。或许许多人都读了，理解得很好。我自己做学生的时候，眼睛瞟到"战争"这种字样，会一掠而过，尽管那时我在努力地欣赏它。当我有了自己的故事，对生活有了自己的想法后，读这部小说则成了我内心的需要。

小说家安·帕切特总结的俄罗斯文学给人带来的快乐很有趣：与其说读不如说是重读它们。她读《安娜·卡列尼娜》时是二十一岁时，那时，她觉得安娜和伏伦斯基是世界上最迷人、最浪漫的一对，吉娣和列文是世界上最无聊、最可怜的结合。她写道："去年我四十九岁，重读了这本书。

这次，我喜欢的是列文和吉娣……安娜和伏伦斯基无聊透了。"她的结论是，随着年岁渐长，"我们倾向于喜欢更平静、更温和的故事线，发现这些故事蕴含的意义远比我们当初理解的要丰富得多"。我的故事呼应了《战争与和平》的故事：许多往事，我不想回头去看，也不想理解；许多往事，直到我有了自己的孩子之后才理解；直到我发现人生未必非得那么激动人心、那么多姿多彩时，许多往事才有了意义。人生最重要的事是帕切特说的平静和温和。

这是读完整套《战争与和平》的关键之处：个人化阅读。你想从这本书里得到什么？你为什么读它？你怎样让阅读符合自己的兴趣和习惯？没必要在此费太多的口水，但这就是生活：你想从这些经历中获得什么？看了编剧安德鲁·戴维斯改编的电视剧，我又拿起了《战争与和平》。他的读书方法很实际。他买了套二手平装书，拿把剪刀，把书拆分成了几部分。这样你可以走到哪儿就把书带到哪儿。拆书这个方法挺不错的。我猜，对托尔斯泰而言，读总比不读强，读书方式并不重要。他更不会介意你买本二手书还把它拆开。（还是去买本新的吧，我们还想让托尔斯泰家的田产继续繁荣下去。）

另外一个方法是把这部小说看成几部小说和几段结尾故事的组合。不管用什么办法，只要能读完就行。我喜欢一次读三四章，也喜欢集中读一个人物或者一个家庭的故事。我读的最多的是皮埃尔的故事（书的内容总是很快就回到他身上）。你可以从五个家庭中选一家一直读下去：别祖霍夫家、罗斯托夫家……《战争与和平》和《安娜·卡列尼娜》完全不一样（后者是《战争与和平》中的家庭故事部分），在许多方面，《战争与和平》包含了《安娜·卡列尼娜》的雏形。你要是糊弄自己说:"就是这么回事,和读《安娜·卡列尼娜》没什么两样。"你认为是就是了,也不能说不对。如果你想读得轻松一些(强烈推荐),可以选择企鹅版,企鹅版的每章都有故事梗概介绍,有一章的介绍超过了十六页半。理论上来说,你只读梗概部分就可以跟人讲你半个小时读完了《战争与和平》。实际上,这确实可以作为你忍住性子读完全书的参考。你想重读或者想找到具体的信息,或者想弄懂你以前认为的不通之处,那么这些故事梗概是特别好的资源。

托尔斯泰对幸福不屈不挠的追求令人欣慰不已。他上大学时脾气坏得有名,因此,得了个绰号"利沃奇卡之熊"。从表面上看,他过得充实、有意义:长久的婚姻,子孙满堂,卓越的文学成就,还有一大群仰慕他的哲学的追随者。他真实、正直,向世人坦承自己大半生都受自身的不完美折磨的情绪,心灵因不能改变生活中的不公而不得安宁的窘境。痛定思痛,他从未放弃尝试。五岁时他经历了影响他一生的重要时刻,他深爱的哥哥尼古拉说自己找到了生命的秘密,并把秘密刻在一根绿色的树枝上,埋到了地下。如果谁找到这根树枝,破解了秘密,就会终结世上所有的战争和死亡。托尔斯泰信以为真,无论是在现实中还是在精神上,他终身都在思考和寻找那根刻着秘密的树枝。他就葬在当初尼古拉在亚斯纳亚·波利亚纳埋藏树枝的地方。他从未找到绿色树枝上刻下的秘密。其实他也不必去寻找,因为树枝上写的秘密就在他的小说里。

或许,托尔斯泰有充分的理由寻求内心的平静。他也可能有我们难以知晓的秘密。《战争与和平》里娜塔莎的原型可能并不是他妻子索菲娅，而是她妹妹坦尼娅（她嫁给了托尔斯泰的一位兄弟）。鉴于娜塔莎代表着理想的女性（安娜·卡列尼娜在某种程度上不是），这可能是让索菲娅耿耿于怀的一件事。和娜塔莎一样，坦尼娅会跳俄罗斯舞，爱参加舞会，嗓音清脆动听。有资料显示，有一次坦尼娅和托尔斯泰说她担心在他家待得太久，自己已经不受欢迎了。他告诉她不用担心，她因为"给自己的描写做模特"获得了在这个家待下去的权利。他观察她，以获得创造虚构人物的灵感。这是小说中唯一与现实人物相联系的线索。我忍不住推测，索菲娅替丈夫誊写小说时，她一定知道女主角并非脱胎于自己，而是其胞妹。埃尔默·莫德给托尔斯泰所作的传记中写道，索菲娅写过一部短篇小说，可是她将它销毁了，那可能为托尔斯泰写《战争与和平》中娜塔莎·罗斯托夫和她母亲的关系提供了灵感。你要是为别人的同一部小说誊抄了七次，结果发现女主人公像你妹妹，还发现小说中的主要人物关系与你写的故事十分相似，一定会大为光火。不过，这只是我的胡乱推测。

　　理论上，这些细节对理解《战争与和平》没有多大作用。但是，看看举世闻名之巨著的作者的生活细节对我来说至关重要。天才和普通人的区别就在此。发现托尔斯泰对完美生活随心所欲的想象和他现实生活之间的差距给了我莫大的安慰。《安娜·卡列尼娜》让我开始迷恋俄罗斯，迷得晕头转向，陷入对浪漫的、伟大的想法的狂热中，这些想法让我逃离了童年时代的束缚，逃离了一个对自己曾经的身份缺乏兴趣的家庭。时间证明，我的这些想法和俄罗斯的小说一样是虚构的。我建立了自己的家庭，有了自己的孩子，然后开始读《战争与和平》，在托尔斯泰的故事和哲学里找到了"确定"自己身份的方法，一方面是安慰自己（发现托尔斯泰这样的伟大人物也会把事情弄糟，这确实给人许多安慰），一方面是"稳定"我的身份。我永远也不会成为一个美丽到引人注目的女人（虽然不知不觉间，我上唇上长了一层托尔斯泰看到后可能会蠢蠢欲动的汗毛）。我也不具备在飞雪飘舞的火车站吸引一个肤色黝黑的英俊陌生人的神秘魅力。我不是也永远不会是俄罗斯人。但是我对我一直热爱小说并在其中获得慰藉的身份心满意足。

和俄罗斯渐行渐远后，我就沉浸在自己的家庭生活中。我也发现，由于过度关注自以为被否定的身份，我忽视了那些真正吸引我的东西。收到我素未谋面的加拿大叔叔的邮件后，一切似乎尘埃落定；虽然真相让我生出渺小之感，但内心已真正地安定下来。我一直妄想自己与众不同，想"证明"我们家族有着辉煌的过去。我对自己追逐的梦着了迷，放弃是明智的行为。我喜欢这样说话的自己，"我不知道我的姓来自哪里。但没有理由证明我不能做一个俄罗斯人……"《战争与和平》是适合我的书，生活中最重要的事是接受你手中所有，并接纳现在的自己。

同时，我地道的英国丈夫一有机会就帮我追查我家族的过去。我不知道他的初衷是好奇还是同情，或许两者兼而有之。奇怪的是，我绝对不会去追查他查找的那些官方文件和人口普查记录。我知道得够多了。我那位远房叔叔是对的。他寄来的消息已经被很多人证实了。这事儿到此为止。我失去了追查下去的心思。我的奇思怪想已经不是秘密，我想忘掉这一切。

接下来几年，我的丈夫西蒙收集了许多事实。根据人口普查数据，葛森·格罗斯柯普于1861年到达了蒂斯河畔斯托克顿。他有个儿子叫"阿什克"。阿什克的儿子是列维。（我依然百思不得其解，在我的童年时代，我们家一次也没说过"犹太人"这个词。)列维是我的曾祖父,在我出生前几年离开了人世。我父亲年轻的时候,他还活着。我可能永远也无法得知葛森离开罗兹的原因,他为什么选择英格兰而不是另一目的地,背后的原因是什么,我不得而知。为什么他到了英国之后便不再提及自己的犹太人身份?这又是个难解之谜:他娶了个年轻的英国女人为妻,她和罗兹没有任何关系。19世纪60年代,不知道他是为了逃离什么还是为了追求什么。第二次世界大战前,他离开的家乡的人口迅速地从一万五千人膨胀到了五十万人,而这五十万人中有二十余万犹太人。1945年,苏联军队从纳粹手中解放罗兹时,只有八百七十七名犹太人活了下来。或许,葛森的后代与这一切无关。或许他们和他一样,当时早已迁居他国。但这都只是我的猜想。

他在英格兰的移民生活不可能很惬意:他刚到这儿时是个收破烂的。销售东西是体面的,这想法渗入了家人的血液里,我祖父因为拥有自己的商店而颇感骄傲。我有一张19世纪末拍的照片,拍的是我家的一些亲戚在市场的摊位上卖牛轧糖的情景。我常常十分好奇阿什克和列维还会不会说他们父亲和祖父的意第绪语。我祖父好像什么都不记得了,倒是我祖母说她记得她公公列维头戴一顶无檐便帽,用奇怪的语言自言自语的样子。我不清楚这是她一时的想象,还是她突然明白了自己曾经目睹的事实。当然,在加拿大叔叔发来邮件之前没人提过这些事。鉴于我对身份热情的无意义的追求,"格罗斯柯普"成了一个"名字决定论"的典型的例子。后来我一位说意第绪语的朋友告诉我说,格罗斯柯普("大头")有很多含义:自命不凡、傲慢、大脑袋、智商高。它也有愚蠢的意思。我的全名可以理解为"活泼的傻瓜"。哦,真让人啼笑皆非。

　　这件事过后很久,我破解了另一个谜。我是因为俄罗斯文学和自己奇怪的名字才逐渐对俄罗斯产生兴趣的,但我一直好奇,为什么一定得是俄罗斯呢?我是怎么到这一步的?这个想法是从哪儿来的?我没有特别的理由去拿一本《安娜·卡列尼娜》来读。这些都没有什么真正的动因。我为什么不觉得自己的名字和荷兰人有关,对伦勃朗产生兴趣,然后立志做个画家呢?(这么做和我做过的事相比较并没什么两样)有一次,我和父亲聊天,得知在我还小的时候,祖父母住在他们开的杂货店里,他们隔壁有个邻居是俄罗斯人。这个女人——我没法描述她,可能是我坐在杂货店柜台上,以五便士卖出去的玩偶的第一批顾客中的一位。她说话一定带着口音,一定不同寻常。她应该是深深地刻在了我的记忆中。我应该问过她是哪儿来的。她可能会说:"俄罗斯。"

　　在我妹妹出生后不久,我就开始住在这个地方。当时我三岁,第一次离开父母。我童年时代最深刻的记忆就是关于这一时期的。一直到那个时候,我并不认识任何"外国人",除了这个女人,一直到我去上大学学俄语时才遇到另外一个俄罗斯人。我不能确定,但我觉得她唤醒了我内心的一些想法。我读些什么时,对她的记忆又引发了什么……我也说不清。如果我曾经记得关于她的什么,现在也都忘了。但她曾是我和俄罗斯唯一的联系,这形成了我的潜意识。我的思绪必须回到她那儿才好。

　　有趣的是,我后来发现葛森·格罗斯柯普家的族谱里弄错了他出发的地方。我不认为他能识文断字或者会说多少英语。所有的人口普查数据都记录了他对自己来自何处的回答。这可能是另一个人记录下来的,于是我怀疑他们会不会提示或者更改了他说的内容，以便其能够为人所懂。他从没说过："波兰罗兹市。"因为他不会觉得那是他的家乡——波兰在1918年才获得独立。我猜他可能是说意第绪语的犹太人。但是，奇怪的是，官方资料上白纸黑字明明白白地写着，葛森喜欢这样回答他从哪里来这个问题："俄罗斯""普鲁士"和"俄罗斯的普鲁士"。严格地说，他不是俄罗斯人，我也不是。但是我们祖先居住过的地方曾经是沙皇俄国的一部分。因此，虽然我错了，但在某种程度上也是对的。普鲁士距俄罗斯很近。现在只需把眼睫毛再种得密一点儿，我几乎就是安娜·卡列尼娜了。

当然，我发现这些都不重要。知道你的祖先从哪里来很重要，但更重要的是知道你现在是谁。这不是一回事。葛森和我不知何故地绕了一圈。他明确地决定，或者无意识地决定，如果他要开始新生活，就得放弃过去的犹太人身份，做英国人，几代之内，这就成了事实。我走的是相反的路，想擦掉同化的痕迹，回到我们家族的过去。我们都在努力地使自己的生活变得更容易，也更有意义。那不是人人为之奋斗的目标吗？他想有所归属，我也是。我寻求的过去和他在意的未来本无所谓哪个更好、哪个更糟。我们都不是绝对正确的。他不是英国人，我也不是俄罗斯人。我们在中间相遇。因为我们既是我们祖先的延续，又和他们无关。我们不仅仅由过去的历史构成，我们的现在也代表着我们看过的世界、读过的书、此生认识和爱恋过的人。托尔斯泰比任何人都清楚这一点，他用偶尔来一片柠檬馅饼的热情来拥抱这则真理。"我理解这一切，"他写道，"因为爱，所以理解。"